なないろのはし

作　横山佳

絵　平澤朋子

BL出版

もくじ

プロローグ

ぼくは、空海《そらみ》。
空や海のような広い心の人になってほしい。
そうねがって、お父さんがつけた名前だ。
でもぼくは、広い心の人にはなれない。
だって、きらいなものがいっぱいあるから。

1 さくらもち

今日は、「なないろのはし」のさくらまつりだ。

なないろのはしは、おじいちゃんやおばあちゃんが家から通う、デイサービスセンターだ。食事をしたりおふろに入ったり、リズム体そうをしたり季節《きせつ》の行事を楽しんだり。お世話が必要《ひつよう》なおじいちゃんやおばあちゃんとその家族が、毎日を元気にくらすための場所だ。

ぼくのおばあちゃんは、なないろのはしで働《はたら》いていた。仕事をやめてからもボランティアで、そこのおじいちゃんやおばあちゃん、それからスタッフさんに手話を教えていた。

ぼくは毎年、なないろのはしのさくらまつりである、ラムネ早飲み大会に出ている。近所の小学一年生から六年生までが出場できて、学年ごとの入賞者《にゅうしょうしゃ》に、さくらもちがもらえる。三位《い》はさくらもち六こ入りが一パック。二位《い》は二パック。そして一位《い》は三パック。

ぼくは、さくらもちがきらいだ。

葉っぱがついたピンク色のあまいおもちを食べるとか、考えただけでぞくぞくする。

でもぼくのおじいちゃんとおばあちゃんは、あまいものが大好《だいす》きだ。だからぼくは、おうえんに来てくれるおじいちゃんとおばあちゃんのために、毎年ラムネ早飲み大会に出場している。

去年、おばあちゃんが病気で死んだ。

今年のラムネ早飲み大会は、新四年生の組。出場するかどうかまよったけど、元気のないおじいちゃんのために出ることにした。

おじいちゃんは今日、ぼくのおうえんのために、なないろのはしに来てくれた。おばあちゃんがいなくなったあとずっと家にこもっていたから、ひさしぶりのお出かけだ。

なないろのはしまでは、おじいちゃんの家から歩いて五分ぐらい。おじいちゃんの足はすっかり弱くなっていて、つえをつきながら休み休み、なんとかたどり着いた。

なないろのはしの庭には、さくらまつりのステージができていて、いすがたくさんならべられていた。おじいちゃんは今、その一番前の左はしにすわって休んでいる。せっかく来てくれたおじいちゃんのためにも、そして天国で見てくれているおばあちゃんのためにも、今日のラムネ早飲み大会はぜったい一位《い》になりたい。

おじいちゃんは耳がきこえない。年をとってきこえなくなったんじゃなくて、小さいころからきこえない。だから手話で話をする。手話は、手の形や動きで気持ちを伝《つた》えることばだ。おばあちゃんの耳はきこえていたけど、おばあちゃんがおじいちゃんと話すときは手話を使っていた。

おばあちゃんがなないろのはしで手話を教えるボランティアをし

ていたのは、いつかおじいちゃんが、なないろのはしでお世話になるときに、そこの人たちとふつうに手話でおしゃべりができるようにと思っていたからだ。なないろのはしは、いろいろな人たちをつなげるかけはし。きこえる人もきこえない人も、みんながふつうに手話を使って楽しめる場所になればいい。おばあちゃんはそう話していた。

ぼくもおじいちゃんといっしょにいることが多いから、かんたんな手話ならわかる。おじいちゃんは、ぼくがわからないときは、一音一音ていねいに声を出す。ぼくもわからない手話があるときはメモ帳に文字や絵をかいたり、メモ帳がないときは顔を見せてゆっくり話したりする。おじいちゃんは、ぼくの口を見るだけで、なにを言っているのかわかるからすごい。

さくらまつりのステージでは、四月から三年生になる人たちのラムネ早飲みが始まっている。ステージ横で順番《じゅんばん》を待っていると、客《きゃく》席《せき》のおじいちゃんと目が合った。

『がんばれ』

おじいちゃんが、ぎゅっとにぎった両手を、体の前で二回おろした。手話は、遠くにいても見てわかるから便利《べんり》だ。

ぼくは、一年生から三年続《つづ》けて一位《い》になった。だから毎年三パックのさくらもちがもらえた。去年もらったさくらもちは、一パックはおじいちゃんと入院しているおばあちゃんに、あとの二パックはおうえんに来てくれたはなみちゃんとようたくんにあげた。

はなみちゃんとようたくんは、ぼくと同じ、四月から四年生だ。ほいく園がいっしょで、小学校に入ってからもずっと同じクラスだった。ぼくの家は、学校から歩いて五分のところだ。ぼくの家から一分くらいではなみちゃんの家があって、ようたくんの家は、はなみちゃんの家のとなりのとなり。ちなみにぼくのおじいちゃんの家は、ようたくんの家のとなりのとなりのとなりだ。ぼくたち三人は、低学年《ていがくねん》のころはいっしょに学校に行って、いっしょに下校して、いっしょに公園で遊んでいた。

ようたくんは、すごくおしゃべりだ。休み時間だけじゃなくて、勉強中もとなりの席《せき》の子に話しかけたりするから、先生によく注意される。ぼくはしゃべるのが苦手だから、ようたくんも苦手。でもはなみちゃんは、ようたくんとよくしゃべる。ようたくんと話しているときのはなみちゃんは、いつも笑《わら》っている。

三年生になってからは、はなみちゃんといっしょに学校に行かなくなった。教室でもはなみちゃんは女の子といるし、席《せき》も遠かった。係の仕事があったりして下校時間もばらばら。家に帰ると、はなみちゃんは音楽教室やスイミングや学習じゅくがあるから、いっしょに遊ぶこともなくなった。

だからはなみちゃんに、「今年もラムネ早飲み大会に出るよ」って、言えなかった。

春休みの間、毎日、何回もおじいちゃんの家に行った。はなみちゃんの家の前を通りたかったからだ。

はなみちゃんがおうえんに来てくれたらなあ。

そう思って、はなみちゃんが家から出てきたら話をしようと、用事がなくても行ったり来たりした。ようたくんには何回か会って話しかけられたけど、はなみちゃんにはぜんぜん会わなかった。

今年も一位《い》になるところを見てもらいたかったのに。

ざんねんに思いながら客席《きゃくせき》を見ていたら、おじいちゃんの横に女の子が立っていた。

はなみちゃんだ。今日のはなみちゃんは、学校では見たことのないさくら色のワンピースを着ていた。いつもは長いかみの毛を二つに結《むす》んでいるけど、春休みの間に短く切ったみたい。ワンピースと同じ色のカチューシャをつけていて、すごくかわいい。

おじいちゃんがステージ横にいるぼくを指差《さ》すと、はなみちゃんは大きく両手をふって、それから右手を前につき出した。

よーし、がんばるぞって、体の中から力がわいてきた。

新三年生の組は、一番体の大きな男の子がダントツ一位《い》。客席《きゃくせき》のおじいちゃんやおばあちゃんたちは手をたたいて笑《わら》っていて、大もりあがりだった。

新四年生のメンバーは、男の子が七人と女の子がひとり。みんなぼくより体が小さくて、ひょろひょろだ。今年も負ける気がしない。

マイクを持ったスタッフのお姉さんに呼《よ》ばれて、ぼくたち新四年生がステージにあがった。一本ずつラムネのびんがわたされた。白いあわがしゅわしゅわ出ている。よく冷《ひ》えておいしそうだ。

さくらもちはきらいだけど、ラムネは大好《だいす》き。のどが、ごくっとなった。

はなみちゃんがおうえんしているし、四年連続《れんぞく》一位《い》がかかっている。なによりも、ここまでおうえんに来てくれたおじいちゃんに、さくらもちをたくさん食べさせてあげたい。

客席《きゃくせき》を見ると、はなみちゃんのとなりに男の子がいた。ようたくんだ。いすがあいてないから、ふたりとも立ったまましゃべっている。

はなみちゃんが笑《わら》った。なにを話しているんだろう。

はなみちゃんとようたくんを見ていたら、スタートの笛がなった。

横にいる女の子がすごいいきおいで飲み始めたから、ぼくもあわててラムネのびんを口にもっていった。

上を向いてびんをさかさにしたら、ごぼっと音がして、のどがつまった。つぎのしゅんかん、ぼくは口の中のラムネをはき出していた。

鼻のおくにラムネが入って、すごくいたかった。なみだ目で、ごほごほせきをしていたら、マイクを持ったお姉さんが来て、ぼくのせなかをさすってくれた。

ぼくの横で、お姉さんが終了《しゅうりょう》を知らせる笛をならした。

ぼくのびんには、まだラムネがのこっていた。

ステージをおりると、はなみちゃんが、「そらみくん、だいじょうぶ?」と、心配してくれた。おじいちゃんも『よくがんばった』

とぼくの頭をなでて、タオルで顔や服をふいてくれた。ようたくんだけが、ぼくがはき出したラムネがかかったと、ぶうぶうもんくを言っていた。そんなに遠くまで飛《と》ぶわけないよ、と思ったけど、だまっていた。

新四年生の一位《い》は、ぼくの横にいた女の子だった。だれも言わないけど、ぼくはたぶんビリ。さくらもちは、もらえなかった。

始業式の前の日、はなみちゃんがぼくの家にさくらもちを持ってきてくれた。ラムネ早飲み大会が終わったあと、遠くに住んでいるおばあちゃんに電話で作り方を教えてもらって、何回も練習したそうだ。

「今年はさくらもちがもらえなくて、がっかりしているかなあと思って。そらみくんのために、特別《とくべつ》大きいのを作ったから」

はなみちゃんは、ぼくがさくらもちが大好《だいす》きだと思っている。始業式の朝、はなみちゃんが登校する前に、さくらもちが入っているお皿を返しに行ったら、はなみちゃんといっしょに学校に行ける。

でもお皿を返すときに、食べてもいないのにおいしかったとは言えない。なによりも、大好《だいす》きなはなみちゃんが作ってくれたさくらもちを、食べないわけにはいかない。

ということで、今、ぼくの目の前に、特別《とくべつ》大きなさくらもちがある。

きのうの夜、がんばって食べておけばよかった。朝からさくらもちとかムリ。

「食わずぎらいだな」

そう言うお父さんも、さくらもちは食べない。

「そんなにいやなら、おやじにやればいいだろう。早くしないとおくれるぞ」

お父さんは冷《つめ》たい。

ぜったいに食べる。そう決心して、ぼくは左手で鼻をつまみ、右手でさくらもちをつかんだ。そして目をつぶって、大きなさくらもちをがぶり。

もぐもぐもぐ。なんの味もしない。

鼻をつまんでいた手を、そっとはなしてみた。

さくらのかおりが、ふわっと、鼻のおくに広がった。葉っぱのしょっぱさとあんこのあまさがまじって、なんだか不思議《ふしぎ》な味だ。

はなみちゃんが、ぼくのためにわざわざ作ってくれたさくらもちだ。

そう思ったら、口の中にじんわりおいしさが広がっていった。

はなみちゃんが作ったさくらもちなら、また食べたい。

そう思った。

ランドセルをせおって、さくらもちのお皿を包《つつ》んだふろしきをかかえて、はなみちゃんの家へ向かった。学校とは反対方向だ。

ちょうど家から出てきたはなみちゃんと会った。

さくらもち、ありがとう。すごくおいしかったよ。

そう言ってお皿の包《つつ》みをわたそうと思ったら、はなみちゃんが、

「お皿持ってきてくれたの。ありがとう」と言った。きのう、はなみちゃんが持ってきたふろしきだから、わかったみたい。いつも、はなみちゃんが先にしゃべってくれるから、ぼくは話さなくていい。

「おいしかった?」

すぐにうなずくと、まん丸お月さんみたいな目が、ふわっと三日月になった。

「ああ、よかった」

ぼくは、はなみちゃんの笑《わら》った顔が大好《だいす》きだ。

「お皿、置《お》いてくるから、ちょっと待ってて。いっしょに行こう」

はなみちゃんはそう言って、げんかんの中へ入っていった。

はなみちゃんとひさしぶりの登校だ。

やったあ！

心の中で、思いっきりさけんだ。


学校へ行くとちゅうのさくらの木は、花がちってしまっていた。

歩道に落ちた花びらは、紙くずをちらしたようにぐちゃぐちゃだ。

「ピンクのじゅうたんみたいだったのにね」

はなみちゃんは、ざんねんそうだ。

「はなみちゃーん、そらみくーん」

うしろから名前を呼《よ》ばれた。ふり向かなくても、ようたくんだとわかった。

横断歩道《おうだんほどう》の前だったから、気づかないふりをしてわたろうと思ったら、はなみちゃんが立ち止まった。そしたら信号機《しんごうき》が赤に変《か》わったから、ぼくも止《と》まった。

ようたくんがすごいいきおいで走ってきていた。ここの信号《しんごう》はすぐ赤に変《か》わるのに、なかなか青にならない。信号機《しんごうき》が青になる前に、ようたくんがぼくたちに追いついた。

「あーよかった。間に合った」

ようたくんは、ぜえぜえ息をきらせている。

「そらみくん、どうしてラムネふき出したの？」

ようたくんがいきなり言った。さくらまつりから、もう十日以上《いじょう》もたっているのに。

「ずっと気になっていたんだ。せっかくおうえんに行ったのに、がっかりだよ」

べつにおうえんに来てって言ってないけど。

でもどうしてようたくん、来たのかな。

「そらみくんに、今年もラムネ早飲み大会に出るの？ってきいたとき、だまっていたでしょう。それで、ぴんときたんだ」

どうして？

「だって、出ない、って言わなかったんだもん」

よくわからない。

そう言えば、春休みにおじいちゃんの家に行くとちゅうで話しかけられて、ラムネ早飲み大会のことをきかれた気がする。べつにようたくんのおうえんはいらないから、しらんぷりしていたんだけど。

「それではなみちゃんに話したら、スイミングがお休みだから行けるって」

はなみちゃんがおうえんに来てくれたのは、ようたくんのおかげってこと？

「さくらもち、楽しみにしてたんだぞ」

ようたくんは、まだふくれっ面《つら》だ。

「そんなにさくらもちが好《す》きだったら、ようたくんも大会に出ればいいのに、って言ったら、ようたくん、ラムネがきらいって」

と、はなみちゃん。

「ぼくがはなみちゃんに、大会に出てさくらもちをもらってよ、って言ったら、はなみちゃんは、さくらもちがきらいだって」

ぼくは思わず立ち止まっていた。

はなみちゃんが、ぼくをふり返った。

「でもね、じぶんでさくらもちを作って食べたら好《す》きになったんだ。そらみくんのおかげだねって、お母さんもよろこんでるの。来年もラムネ早飲み大会、がんばってね。三位《い》までに入ってさくらもちをもらったら、わたしが作ったのとどっちがおいしいか、食べくらべしよう」

「そらみくんばっかり、いいなあ。ぼくにも作ってよ」

「ラムネ早飲み大会に出たらね」

「だから、ラムネがきらいなんだって」

ぼくは話をききながら、ふたりのうしろを歩いていた。

はなみちゃんがまたさくらもちを作ってくれる、そう思ったらうれしかった。

でも、はなみちゃんとようたくんがずっと楽しそうにしゃべっているから、すなおによろこべなかった。

ぼくも、はなみちゃんといっしょにならんでしゃべりたかった。はなみちゃんに話したいことが、たくさんあった。

今年もラムネ早飲み大会のおうえんに来てくれてうれしかった、とか。さくら色のワンピースとカチューシャが、すごくかわいかったよ、とか。ぼくもさくらもちがきらいだったけど、はなみちゃんのおかげで食べられたんだよ、とか。そんなことをしゃべりたかった。

いつもそうだ。ぼくは、お父さんともうまくしゃべれない。

今朝だって、お父さんに言いたかった。大好《だいす》きな友だちが作ってくれたさくらもちだから食べられたんだ。はなみちゃんが作ったさくらもちならまた食べたい、って。

じぶんの思っていることが伝《つた》えられないからつまらない。

せっかくはなみちゃんといっしょに登校できたのに、ようたくんもいたからぜんぜん楽しくなかった。

2 かたづけ

ぼくのお父さんは耳がきこえる。お父さんはおじいちゃんの子どもなのに、おじいちゃんと話すときに手話を使わない。

いつもおこったようにどなるからきらいだ。

おばあちゃんが、入院していたころに話してくれた。お父さんは、小さいころはすごくおしゃべりで、手や体を動かしながら、おじいちゃんとたくさん話をしていた。

でも小学校に入ってからはだんだんしゃべらなくなって、中学生になると家を出て寮《りょう》で生活をしていたから、そのころはもうおじいちゃんと話すことはなくなっていた、と。だからぼくは、お父さんとおじいちゃんがなかよく話すのを見たことがない。

今日は、四年生になって初《はじ》めての日曜日。せっかくの休みなのに、「おやじの家の倉庫《そうこ》のかたづけをするから手伝《てつだ》え」と、お父さんが言い出した。

ぼくは、かたづけがきらいだ。

いつもお父さんに、「部屋をそうじしろ」としかられる。

おじいちゃんもぼくとおんなじで、かたづけをしない。おばあちゃんが死んでからは、おじいちゃんの家は物であふれている。とくに倉庫《そうこ》はいっぱいだ。

倉庫《そうこ》は、おじいちゃんの家の勝手口から出てすぐのところだ。ぼくの部屋よりちょっと広くて、全部のかべにたながついている。

お父さんが小学二年生のころに家を建《た》てて、そのつぎの年に倉庫《そうこ》ができたから、そのときから置《お》いている物もあるみたい。

テレビに出てくるようなおたからはない。使わなくなったもちつきの機械《きかい》とか、ふたが欠《か》けた土なべとか、ガスコンロ、畑をたがやすクワ、竹ぼうき、大きなザルやタライ、魚つりのさおやあみもある。たなの下には、古新聞やダンボール箱、こわれたそうじ機《き》やアイロン、ぼろぼろのむぎわらぼうしやくつとか、とにかくいろんな物であふれている。

ぼくは、おじいちゃんの倉庫《そうこ》が大好《だいす》きだ。大きさや形のちがう空きカンや空き箱、はっぽうスチロール、ラップのしん、ペットボトル、木の切れはしとか、ロボットを作るときや、工作に使える物がたくさんあってわくわくする。

ぼくにとっておじいちゃんの倉庫《そうこ》は、たから箱のような場所。この物をすてるなんて、もったいない。

『まだ、使えるからな』

おじいちゃんもよく言っている。お父さんはそれを知っているから、おじいちゃんが近所のお寺に出かけたすきに、かたづけをすることにしたんだ。

「使わなきゃ、ただのごみだ。そのままにしておくと虫がわくからな」

お父さんは虫が大きらいだ。

「おやじにはちゃんと言ってあるから、じゃんじゃんすてていいぞ」

お父さんは、倉庫《そうこ》の中の物を、ごみぶくろにどんどん放《ほう》り投《な》げている。

おじいちゃんは、すてていい、とは言っていないはずだ。お父さんは、いつもじぶんの言いたいことばっかり。ぼくは、おじいちゃんのミカタだからね。

お父さんにはぜったい言えないけど。

「そうじ機《き》だってアイロンだって、新しいのがあるのに、どうしてこわれたのをとっておくんだ」

お父さんは、ずっとひとりで言っている。

たなをかたづけていたら、せんていばさみやペンチ、のこぎり、かなづちとか、おんなじ物がたくさん出てきた。

「のこぎりやかなづちも、見あたらないからってすぐ買うから、こんなことになるんだ」

ぶつぶつが止《と》まらない。

服をかけるハンガーがいっぱい入っている紙ぶくろを見つけた。青、ピンク、黄色、いろんな色がある。

これをつなげたらおもしろそうだなあ。

わくわくしながら紙ぶくろをのぞいていたら、「どんどんすてないと、いつまでもかたづかないぞ」と、お父さんのどなり声が飛《と》んできた。

「おまえの部屋も、すごいことになってきているぞ。あのがらくたの山、ここのごみといっしょにすてるからな」

ぼくの部屋の物はがらくたじゃないからね。すてるなんて、ありえないよ。

心の中で思っただけなのに、わかったみたい。お父さんの口がへの字になった。

「おまえ、おやじそっくりだな」

おじいちゃんはやさしいから、いいもん。

そう思って、またなんか言われるかもってどきどきした。

でも、お父さんは急に静《しず》かになった。

見ると、銀色の丸いカンを持っていた。ぼくの顔ぐらいの大きさで、ふたがぴったり閉《し》まっている。黒のマジックでなにか書いてあった。

でも、お父さんの頭で見えない。

お父さんが、ふり返った。

「早くしないと日がくれるぞ」

うしろからのぞいているぼくに早口で言って、カンをたなへおしこんだ。

すてなかったということは、お父さんにとって大切な物？

なにが入っているのかききたかったけど、そんなことはいいから早くかたづけろ、ってまたおこられそうだ。どなられる前に、しぶしぶハンガーの紙ぶくろをかかえて外へ出た。


倉庫《そうこ》の前でハンガーをごみぶくろに入れかえていると、ばたん、と戸の閉《し》まる音がした。

顔をあげると、おじいちゃんが勝手口から出てきたところだった。お寺から帰ってきたみたい。もっとおそくなると思っていたから、どきっとした。お父さんに命令《めいれい》されてかたづけをしているんだから、ぼくのせいじゃないけど、でもなんだか悪いことをしているみたいで、どきどきが止《と》まらなかった。

おじいちゃんはつえをついて、足を引きずりながら、ゆっくりゆっくり倉庫《そうこ》に向かってくる。にこにこしようと思ったけど、なんだかうまく笑《わら》えなかった。とりあえず大きく手をふると、おじいちゃんはかべに手をついてつえをあげた。目が笑《わら》っていない。

倉庫《そうこ》の前まできたおじいちゃんは、ごみぶくろの山をじっと見ていた。それからなにも言わずにふくろをつかむと、つえをつきながらずるずる引きずって、倉庫《そうこ》へ入っていった。

入り口からそっとのぞいた。

お父さんはうしろを向いていて、おじいちゃんに気づかない。

おじいちゃんが、持っていたごみぶくろをおろすと、その音でふり返ったお父さんの顔が、みるみる変《か》わった。

「言っただろ。倉庫《そうこ》のかたづけをするって」

いつもよりもっと大きな声。目がつり上がって、おじいちゃんの家の柱にかざってある、オニのお面そっくりだ。

なに勝手なことをしているんだ。ここにあるのはごみじゃないって、いつも言ってるだろう。すてる物など、一つもないからな。

おじいちゃんはそう言いたいはず。でもなにも言わない。

「すてなきゃかたづかないだろ。ここまでするのにどれだけかかったと思っているんだ」

お父さんは、ずっとどなり続《つづ》けている。でもおじいちゃんは、しらんぷり。

ここはわしのうちだ。わしの目の黒いうちは、ここの物には指一本ふれさせせん。とかも言わない。

倉庫《そうこ》から出てきたおじいちゃんは、つぎのごみぶくろをつかんで、またずるずる。

言いたいことはいっぱいあるはずだけど、がまんしているんだ。

「勝手にしろっ」

お父さんは軍手《ぐんて》を投《な》げすてると、ぷんぷんしながら帰っていった。

こわい、こわい。

お父さんがいなくなったら、台風が通りすぎたみたいに静《しず》かになった。

ごみぶくろを全部倉庫《そうこ》に入れたおじいちゃんは、外においてある木のいすにすわって空を見ていた。ぼんやりしている。つかれたみたい。

お父さんは、まだおこっているはず。だから家には帰りたくなかった。

おじいちゃんがごみぶくろを入れたから、倉庫《そうこ》の中は、前よりせまくなった気がする。

お父さんが持っていた銀色のカンのことを思い出して、たなを見あげた。たなの一段目《だんめ》は、ぼくの顔の高さだ。お父さんがカンを入れたところは、四段目《だんめ》のおく。ぼくの身長じゃ、ぜんぜんとどかない。

ふみ台をさがしていたら、ひもでしばった新聞紙に目がいった。たなの前のごみぶくろをずらして、そこにしばった新聞紙を一つ置《お》いた。のってみたら、二段目《だんめ》のたながやっと見えるくらい。新聞紙の束《たば》を、二つ重ねてみた。四段目《だんめ》にはまだまだとどかない。三つ重ねてのると、ちょっと、ぐらぐらした。四段目《だんめ》のたなにはとどいたけど、カンはおくにあって見えない。

新聞紙の束《たば》を四つ重ねた。たなに両手をついて、そーっとのった。ぐらぐら、ぐらぐら。やっと銀色の丸いカンが見えた。でも、手がとどかない。あんなにおくに入れなくてもいいのに。お父さんにはらが立った。

ぼうがあれば引っぱり出せるかも。新聞紙の上に立ったまま、きょろきょろ。倉庫《そうこ》のすみっこに、ほうきが立てかけてあった。新聞紙の束《たば》からおりてとりにいくと、ほうきのうしろに、灰《はい》をかき出すぼうがあった。

おじいちゃんの家は、ぼくがほいく園のころまでは、まきでおふろをわかしていた。にぎるところが細くて、先が長方形。鉄でできているから、けっこう重い。

でも、カンを引っぱり出すにはちょうどいい形だ。

灰《はい》かきぼうを引きずって、新聞紙の束《たば》にのった。足のぐらぐらが止《と》まったとき、灰《はい》かきぼうをゆっくり持ちあげた。

あがらない。見ると、ぼうの先に、魚をとるあみが引っかかっていた。

新聞紙の上でちょっと足をずらして、うしろを向いた。そして灰《はい》かきぼうを、ぐいっと引っぱった。

体が、ぐらっとした。

「うわっ」

左足がすべって、ぼくの体はそのまま横にたおれた。

いっしゅん、目の前がまっ暗になった。

気づいたとき、ぼくはペットボトルのごみぶくろの上にいた。

ペットボトルがクッションになってけがはなかったけど、まだどきどきしている。

ごみぶくろがなかったらセメントのゆかに落ちていた。

そう思ったら、ぞっとした。

ごみぶくろを倉庫《そうこ》にもどしてくれたおじいちゃんに感謝《かんしゃ》だ。と思ったら、おじいちゃんがあわてて近づいてきた。

ぼくが落ちたはずみで、入り口にあったごみぶくろが外に飛《と》び出してきて、気づいたみたい。

おじいちゃんが、ごみぶくろの上にねているぼくに顔を近づけた。

『だいじょうぶ?』

まゆ毛が下がって、すごく心配そうだ。

「だいじょうぶだよ」

ゆっくり起き上がって、たなのおくのカンをとろうとしていたことを伝《つた》えた。

おじいちゃんは安心したようにうなずくと、あみに引っかかった灰《はい》かきぼうをとった。そしてそのぼうで、たなからカンを引っぱり出してくれた。

おじいちゃんから受け取ったカンは、すごく軽くて、ふったらかさかさ音がした。かたくてふたが開かない。カンのふたにマジックで、「10さいのプレゼント」と書いてある。おばあちゃんの字だ。

「なにが入っているの?」

おじいちゃんはぼくのしつ問《もん》には答えずに、工具箱からドライバーを出してきた。

先が平たい、マイナスドライバーだ。

おじいちゃんは外のいすにすわると、ぼくがわたした丸いカンを両方のひざの間にはさんだ。そしてドライバーをすきまに入れると、ふたをぐいっと持ちあげた。

からん、からん、からん、からん

ふたがころがる音があたりにひびいて、あわてて追いかけた。拾ってもどると、おじいちゃんはカンの中身をひっぱり出していた。青くてじょうぶそうな布《ぬの》ぶくろ。おじいちゃんはそのふくろをひざの上に置《お》くと、白いひもをほどいた。中から、ほう石箱みたいな黒い入れ物が出てきた。

箱からほう石が出てくるのかとわくわくしながら見ていたら、それはおもちゃのうで時計だった。

デジタルのうで時計で、画面は消えてまっ黒。赤いボタンが四つあって、その二つにはひらがなのような文字が見える。

でも、うすくてなにが書いてあるのかわからないし、黒いベルトの白と赤のもようもところどころはげていた。

おじいちゃんもおどろいたのか、その古いうで時計をじっと見つめている。

「お父さんの？」

おじいちゃんがうなずいた。

「こんながんじょうなカンに入れてしまっているから、お父さんのたから物なんだね」

おじいちゃんは首をかしげている。

「だってお父さん、ほかの物はどんどんすてていたのに、これはすてなかったよ」

おじいちゃんはちょっと笑《わら》った。

でも、なんだか元気がない。

「どうしたの？」

おじいちゃんが、このうで時計のことを話してくれた。

このおもちゃは、声を入れてきくことができた。時間を合わせたら、目覚《めざ》まし時計になって、録音《ろくおん》した人の声で起こしてくれるみたい。でもお父さんは、机《つくえ》の引き出しに入れたままで、ぜんぜん使わなかったそうだ。

その話をきいて、ぼくはじぶんの机《つくえ》の引き出しに入れたままの、お父さんからもらった、お父さんと遊ぶ券《けん》のことを思い出した。

ぼくの去年のたん生日プレゼントは、人生ゲームと、お父さんと遊ぶ券《けん》が十枚《まい》。人生ゲームはおじいちゃんと遊んだだけで、お父さんと遊ぶ券《けん》はまだ一枚《まい》も使っていない。だってお父さん、いつもばたばたしてるし、そんなときに遊んでもらっても、楽しくないもん。

「おばあちゃんの字が書いてあるから、おばあちゃんがカンに入れて倉庫《そうこ》にしまったんだね」

おじいちゃんはだまったまま、うで時計を見つめている。そしてうで時計のおもちゃが入った黒い箱を閉《し》めてカンに入れると、ふたといっしょにぼくにわたした。

「倉《そう》庫《こ》にかたづけるの？」

おじいちゃんは首を横にふった。そして、『どうぞ』と両手を出した。

「ぼくにくれるの？」

おじいちゃんは、こくりとうなずいた。

「でもお父さんのたから物でしょう」

『だいじょうぶ』

おじいちゃんは、右手の指先を、左のむねから右のむねにあてた。

見つかったら、ぜったいにおこられるよ。

心配だったけど、声を入れて遊んだらおもしろそうだなあと思って、持って帰ることにした。

お父さんに見つからないように、こっそりじぶんの部屋に入った。

そして黒い箱からうで時計を出すと、机《つくえ》の上にそっと置《お》いた。

左下の赤いボタンをおしてみた。動かない。

うでにつけようと、時計を左うでに置《お》いた。

そしてベルトを右手でおさえたときだった。

ぱきっ

ベルトが折《お》れた。

「うわっ」

びっくりして、心ぞうがどきどきした。

足音がきこえてきた。お父さんだ。いそいで立ちあがると、うで時計をせなかでかくした。

いきおいよくドアが開いた。

「どうした?」

「へっ?」

へんな声が出た。

「なんかさけんでいただろう」

お父さんが、部屋に入ってきた。

「ああ、ごっ、ごきぶりが」

「ごきぶりがいたのか?」

お父さんの動きが止《と》まった。

「いや、ごきぶりじゃないかも」

あわてて言ったけど、おそかった。

「こんなにきたなくしているから虫がわくんだ。いらない物をすてろって言っただろう」

お父さんは部屋を見回して、顔をしかめている。

ぼくの部屋にはベッドと机《つくえ》と本だなとタンスがあって、それだけでいっぱいだ。だからぼくが工作した牛乳《ぎゅうにゅう》パックの車やいす、うちわをつなげたせんぷう機《き》、ラップのしんで作った楽器《がっき》とか、そんな大きな物は置《お》く場所がなくてこまっていた。

「まったく、おやじといい、そらみといい、なんでこんなに物をためこむかなあ。かたづけができないなら部屋はやらないぞ」

「ごめんなさい」

すぐにあやまった。いつもだったら、おじいちゃんといっしょで言いたいことをがまんしてだまったままでいるけど、うで時計のことがばれないうちに、お父さんには早く部屋から出ていってほしかった。

ぼくがいつもとちがうことに気づいたのか、お父さんはじっとこっちを見つめている。それから近づいてきて、ぼくのせなかのうしろをのぞいた。

「持ってきたのか」

お父さんの声が変《か》わった。いつもより低《ひく》くて、こわい声。

「おっ、おじいちゃんが、どうぞって」

お父さんはだまっている。こわくて泣《な》きそうになった。

「そうか」

それだけ言って、部屋を出ていこうとする。

かんぜんにおこっている。

でもどうしたらいいのかわからない。

ききたいことが、頭の中をぐるぐる回った。元気がなかったおじいちゃんの顔を思い出して、勇気《ゆうき》を出した。

「このうで時計、使わなかったの？」

お父さんが足を止《と》めた。だまったままだ。

「おじいちゃん、このうで時計を見て、元気がなかったから」

じぶんでもきこえないくらい、小さな声だ。

お父さんは、まだだまっている。

部屋の中がしんとして、じぶんの心ぞうのどきどきが、きこえてくるようだ。

お父さんがふり返ってぼくを見た。

「ベルト、折《お》れていたのか？」

ちょっとだけやさしくきこえたから、うでにはめようとしてベルトが折《お》れたこと、それからボタンをおしても動かないことを、早口ことばみたいにしゃべった。

お父さんは、おこらなかった。それからいすにすわると、ぼくとおんなじようにうで時計のボタンをなんどもおしている。

「ねじ回し、持ってたよな」

うで時計のうらを見て、道具箱から小さなプラスドライバーを出した。

「ボタン電池、あるか？」

お父さんはうらのふたを開けると、丸い電池をとって差《さ》し出した。

ぼくは電池入れの箱から、同じボタン電池をさがしてわたした。全部、おじいちゃんからもらった物だ。

「こんなにたくさんの電池、いつ使うんだって思っていたけど、役に立つな」

お父さんが、ぼそっと言った。

「おやじに、声を入れてもらいたかったんだ」

いきなりだった。きいたことのない、静《しず》かな声。

「今のそらみとおんなじ、四年生のころだ。同級生の子が、これと同じうで時計を買ってもらったと話していてね。そのころのはやりのおもちゃだ。声を入れて、それを目覚《めざ》ましにしているときいて、父さんもたん生日にこのうで時計がほしいと思ったんだ」

時計に電池を入れながらしゃべっている。

「おふくろからプレゼントをもらったときに、もう声を入れておいたよ、と言われてがっかりしたよ」

「おばあちゃんの声じゃだめだったの？」

思っていることが、すっと出た。

お父さんは、じっとうで時計を見つめている。

「そらみぐらいのころの父さんは、おやじとふつうにしゃべりたいと思っていた」

お父さんのさびしそうな横顔を初《はじ》めて見た。

「おやじの声をききたいと、そんなことばかり考えていたんだ」

なんでかわからないけど、鼻のおくがつんとした。

「おやじの声じゃなきゃだめだったんだ。だから、使わなかった」

なにも言えないでいると、お父さんは、うで時計のふたをねじで閉《し》めた。

「さあ、動くかな」

そう言って、うで時計のボタンをぼくに指差《さ》した。

「ここには、はなす、って書いてあった。声を入れるときに、ここをおすんだ。そしてつぎのボタンは、きくときにおす」

お父さんは、ぼくにうで時計をわたした。

「きく、のボタンをおしてみろ。こわれてなかったら、おふくろの声がきこえるはずだ」

どきどきしながら、二番目のボタンをおした。

おはよう

「うわあ、きこえた」

「こわれてなかったな」

お父さんがそう言ったとき、うで時計からなにかきこえた気がした。

ぼくは、もう一度ボタンをおした。

おはよう

おばあちゃんの声だ。

おはよう　朝だよ

「ん？」

お父さんが、ぼくの手からうで時計をとってボタンをおした。

おはよう

おはよう　朝だよ

おばあちゃんの声のあとに、べつの声が入っていた。しゃべり方にきき覚《おぼ》えがある。

ぼくが手話がわからないときに、おじいちゃんがぼくにわかるようにていねいに話すときの声。

ぼくは思わずお父さんを見た。

「おやじも入れていたんだな」

お父さんもわかったみたい。

「プレゼントをもらったときに、ちゃんときけばよかったよ」

そう言って、照《て》れたように笑《わら》っている。

お父さんのこんなうれしそうな顔を見たの、初《はじ》めてかも。

「やっぱり、お父さんの大切な物だったんだね。そうじのときに見せてくれたらよかったのに」

「おまえが急にのぞいたからだろう」

なんだかあわてているみたい。

ちょっとはずかしかったのかも。

それからお父さんは、うで時計のボタンをおして、おじいちゃんが入れた声をなんどもきいている。

「こわれたベルトを切って、キーホルダーをつけてやるから、あとでもってこい」

お父さんはそう言って、ぼくのてのひらにうで時計をそっとおいた。

「もらっていいの？」

「そらみが持っていてくれたら、うれしいよ」

そんなふうに言われたことがないから、どきっとした。

「大切にするね」

お父さんのせなかに向かって言った。

すっと、ことばが出たから、じぶんでおどろいた。

「部屋、かたづけろよ」

お父さんはいつもみたいに言うと、静《しず》かにドアを閉《し》めた。

3 お手《て》伝《つだ》い

ぼくのお手伝《てつだ》いは、おじいちゃんの家に食事を運ぶこと。朝と昼は、おじいちゃんが好《す》きな物を食べたいって言うから、夜ごはんだけだ。家のおふろそうじと、せんたく物をとってたたむのもぼくの係。

おじいちゃんの家に食事を運ぶのはいいけど、ほかのお手伝《てつだ》いはきらいだ。

おじいちゃんは、おばあちゃんがいなくなってから、毎日続《つづ》けていた散歩《さんぽ》をやめた。テレビの前で、いつもごろごろしている。たくさん食べて、ねてばかりだから、前より太ったみたい。お父さんが散歩《さんぽ》をするように言っても、『ひざがいたいからできない』って言うから、すぐにけんかになる。

それでお父さんが、「そらみがさそったら、散歩《さんぽ》をするんじゃないか」と、言い出した。

「四年生になったから、もうひとつ、お手伝《てつだ》いをさせてあげよう」

お父さんが言った。

「学校から帰ったら、おやじと散歩《さんぽ》に行くお手伝《てつだ》いだ」

お手伝《てつだ》いじゃなくて、おじいちゃんと散歩《さんぽ》に行っておいで、って言えばいいのに。

お父さんは、「毎日決まった時間に、休まずにやるんだ」って言う。だから、お手伝《てつだ》いがきらいになるんだ。

「宿題とかあるし、そんな、毎日とかムリだよ」

小さい声で言い返した。

最近《さいきん》のぼくは、ちょっとだけ、お父さんにじぶんの気持ちを言えるようになった。

「宿題は、散歩《さんぽ》から帰ってやればいいだろう」

「だって帰ってからは、おふろそうじとか、せんたく物たたみとか、ほかのお手伝《てつだ》いがあるもん」

口をとがらして、がんばった。

「おふろそうじと散歩《さんぽ》、どっちがいい？」

「散歩《さんぽ》」

すぐに答えた。すると、お父さんがびっくりすることを言った。

「じゃあ、おふろそうじはやらなくてもいいから、おやじと散歩《さんぽ》に行け」

「ほんとに？　ほんとにおふろそうじやらなくていいの？」

「ああ。毎日、おやじと三十分以上《いじょう》歩くんだ。海まで行ってもいいんだぞ」

ひとりで海に行くのはあぶないって言われているから、おばあちゃんがいなくなってからは、ぜんぜん行っていなかった。

「うわあ、海に行ってもいいの？」

「おやじが歩けばな」

「やったあ」

こうして四年生の一学期のお手伝《てつだ》いは、せんたく物たたみとおじいちゃんの食事を運ぶこと、それからおじいちゃんと散歩《さんぽ》することに決まった。


学校から帰るとランドセルを置《お》いて、お父さんが用意したおやつのふくろを持って、おじいちゃんの家へ行く。

お父さんはぼくの散歩《さんぽ》用のポシェットを作っていて、そこに倉庫《そうこ》で見つけたうで時計のキーホルダーをつけてくれた。

お父さんは料理《りょうり》だけでなく、ぬい物もじょうずだ。ポシェットには、おじいちゃんと話すときに使うメモ帳とペン、それからハンカチとティッシュも入れることができた。

庭にまわると、おじいちゃんは、いつものようにえん側《がわ》にすわって空を見ていた。

今朝、お父さんが「おやじには、夕方、散歩《さんぽ》がてら、そらみと海に行ってこい、って言っておいたから」と話していたけど、外に出る気はないって感じ。パジャマのまんまだ。

『お帰り』

おじいちゃんが、笑顔《えがお》でむかえてくれた。

ぼくは、時計のキーホルダーのついたポシェットを見せた。

「お父さんが作ってくれたんだ」

おじいちゃんはキーホルダーを見て、ほおっという顔をした。

「お父さん、おじいちゃんがうで時計に入れた声、初《はじ》めてきいたって。うれしそうだったよ。これ、やっぱりお父さんのたから物だったみたい」

目を見ながらはっきりと話すと、おじいちゃんは、細い目をまん丸にしてきいている。

「おじいちゃんとだったら、海まで行ってもいいって。いっしょに行こうよ」

そう言うと、おじいちゃんは急に、まゆ毛とまゆ毛の間にしわをよせた。そして足をのばして、なんどもひざをさすっている。

「ひざがいたいの？」

顔をのぞきこんできくと、うんうん、うなずいた。そしてえん側《がわ》の柱を持ってゆっくり立ちあがると、足を引きずりながら、そろそろと家の中へ。そのままテレビの前に、ごろんと横になった。

「おやつは？　食べないの？」

『食べる』

ねっころがったまま、右手を口に持っていく。

ぼくは、おじいちゃんといっしょにおやつを食べて家へ帰った。

仕事から帰ってきたお父さんに、おじいちゃんはひざがいたそうだったからおやつだけ食べて帰った、と伝《つた》えた。

「それがおやじの手なんだよ」

お父さんは、ぷりぷりしている。

「手じゃなくて、ひざがいたいんだって」

そう言ったら、「明日もおんなじ手を使ったら、おやつはやらなくていいからな」と、おこっていた。

つぎの日も、おじいちゃんはパジャマのまんまだった。きのうとおんなじで、『ひざがいたい』とねっころがって、テレビを見ている。ぼくはお父さんが言った通りに、おやつを持って帰ることにした。するとおじいちゃんは、ゆっくり体を起こしてすわると、しょんぼりしている。

「おやつ、食べる？」

ぼくは、くつをぬいであがると、おじいちゃんの前にすわった。

「海で遊びたいから、つれていってよ」

両手を合わせておねがいした。

おじいちゃんは、こまったようにぼくの顔を見ている。

そして、大きく息をはいた。

「ねっ、いっしょに海に行こう！」

もう一度と言うと、おじいちゃんはしぶしぶうなずいた。


散歩《さんぽ》のお手伝《てつだ》いを始めて一週間。おじいちゃんはぼくが学校から帰るころには、ちゃんと着がえて待っていてくれるようになった。

白いカッターシャツを着て、白い線が入っている緑色のジャージをはいて、どこかでもらった青いぼうしをかぶり、黒のかわぐつをはいてえん側《がわ》にすわっている。お父さんが、かっこいいシャツとズボンとぼうし、それから運動ぐつを買ってきたのに、『おばあちゃんと散《さん》歩《ぽ》していたときはこの服だった』と、毎日同じ服を着ている。

散《さん》歩《ぽ》に行く前に、おじいちゃんとおやつを食べる。

お父さんが用意するおやつのふくろには、おまんじゅうとケーキとか、おだんごとドーナツとか、どらやきとスイートポテトとか、ちがうおかしが一こずつ入っている。

「どっちのおやつを食べるか考えれば、頭の体そうになるからな」

お父さんはそう言って、わざとちがうおやつを入れている。

今日は、大福もちとシュークリームだ。

「どっちがいい？」

おじいちゃんは大福もちとシュークリームをテーブルにならべ

て、うでを組んでじっと見ている。

「まだ決まらないの？」

『どっちもおいしそうだ』

そう言っていつまでも決まらなくって、最後《さいご》はナイフで切って、はんぶんこずつ食べる。

いつもそうだ。

おやつを食べているときのおじいちゃんは、すごくしあわせそう。

おやつが終わったら、散歩《さんぽ》に出発。

海までは歩いて二十分ぐらい。

おじいちゃんは、散歩《さんぽ》のときにほちょうきをつけるようになった。

今まではうるさいからってつけなかったけど、お父さんが、「車のクラクションやきゅう急車のサイレンなんかがきこえないとあぶないだろう」と、言ったからだ。

ぼくたちが歩く道は、車はたまにしか通らない。きゅう急車も、ここで見たことはない。

でもおじいちゃんはお父さんに言われた通り、ぼくと散歩《さんぽ》するときは、毎日ちゃんとほちょうきをつけている。

今日は、『散歩《さんぽ》』の手話を教えてくれた。

『散歩《さんぽ》』は、『遊ぶ』と『プラプラ歩く』を組み合わせたものだ。

まず、両手の人差《ひとさ》し指を立てて顔の横でふる。これは『遊ぶ』。

つぎに右手の人差《ひとさ》し指と中指を下に向けて、歩いているように動かす。これは『歩く』。この『歩く』を、『散歩《さんぽ》』のときは、左と右にプラプラ動かす。いつもプラプラ歩いているおじいちゃんとぼくの散歩《さんぽ》に、ぴったりの手話だ。

ぼくが最初《さいしょ》に覚《おぼ》えた手話は、じぶんの名前だ。

空海《そらみ》の空は、右手をあげて、大きく円をかく。海は、右手の小指をくちびるにあて、つぎにその右手を波のように動かす。小指をくちびるにあてるのは、『塩《しお》』という手話。

『海の水は塩《しお》からいだろう』

おじいちゃんはいつも、その手話がどうしてそんな形になるのかを教えてくれるからよくわかる。


おじいちゃんは散歩《さんぽ》のとちゅう、お寺の入り口の石段《いしだん》にすわって休けいをする。

おじいちゃんが休んでいる間、ぼくはそばに落ちているぼうで地面に絵をかいたり、葉っぱやえだをつなげて線路や道を作って遊ぶ。

おじいちゃんがいねむりをしてなかなか起きないときは、肩《かた》をゆすって顔をのぞく。おじいちゃんに「もう帰る？」ときくと、つえをついてゆっくりと立ちあがって、また海に向かって歩き出す。

アスファルトの道を下ると、農道だ。農道は、田んぼに通じている。道のわきには、ピンクや水色のアジサイが、ところどころにこんもりとさいていて、おじいちゃんはときどき足を止《と》めて花をのんびりながめている。

しばらくすると、海のにおいがしてくる。

そこからちょっと上り坂。両わきに松の木が植えてあって、おじいちゃんのせなかをおしてその坂をのぼる。

そこに広い空と海がある。

ここの海は、波が高いから泳げない。おまけに道がせまくて車が入れないから、だれもこない。

ぼくはおじいちゃんからはなれると、両手を広げて走る。

前からふいてきた風がシャツにあたって、たこのように飛《と》んでいきそうになる。

波を追いかけて遊んでいると、おじいちゃんがつえをつきながら、ゆっくりゆっくり歩いてくる。そしてぼくの横で止《と》まると、ほちょうきをはずして両手を広げ、大きく息をすう。

おじいちゃんのほちょうきをかりて、耳にはめてみた。風や波が、ゴーゴーガーガー、すごい音がする。すぐにはずしておじいちゃんに返した。

おじいちゃんが休んでいる間、ぼくはすなで山を作ってトンネルをほったり、貝がらを拾ったりして遊ぶ。

おじいちゃんがぼくのところにきて、両手ではさみの形を作って、ちょきんと動かした。

「カニ？」

ぼくがきくと、おじいちゃんはにっこり。すなを指差《さ》して、ほるまねをした。そして、『お父さんが小さいころ、この海でカニほりをした』と、教えてくれた。

すなはまに、たくさんあながあいている。

おじいちゃんはシャツのそでをあげて、かわいたすなを両手いっぱい運んできた。そしてすなはまにひざをつくと、あなの中に、サラサラとすなを流し入れた。

ひざがいたくないのかなあって心配だったけど、平気みたい。

おじいちゃんはかわいた白いすなにそって、まわりを手でほり始めた。

「そんなにほるの？」

顔をのぞきこんできいたら、うなずいて、またほっていく。

おじいちゃんが体を起こして、にぎった右手をぼくの顔の前に見せた。その手を開けると、小さなカニが飛《と》び出してきた。

「うわあ、かわいい」

ぼくは、にげるカニを追いかけた。カニはすべるように動いて、あっという間にすなの中にもぐった。

「あーあ、にげちゃった。こんどはぼくがやる」

おじいちゃんといっしょに、かわいたすなをとりにいった。

おじいちゃんが、ぼくを見てなにか言った。すなを運んでいるから手話が使えないし、風と波の音で声もきこえなかった。ぼくが首を横にかたむけると、もう一度大きく口を開けて、「楽しい」と言った。ぼくはおじいちゃんの顔を見て、うんうん、うなずいた。

日曜日は、お父さんの仕事がお休みだ。

でもお父さんは、ぼくたちといっしょに散歩《さんぽ》には行かない。

最近《さいきん》のお父さんは、ぼくとはふつうにしゃべるようになったけど、おじいちゃんとはやっぱり話をしないし、いっしょにいることもない。

天気よほうは、夕方から雨。散歩《さんぽ》に出るときにお父さんが、「かさを持っていきなさい」と言ったけど、ぼくがそれを伝《つた》えてもおじいちゃんは、『つえがあるからじゃま』と言って持っていかなかった。

おじいちゃんがお寺の石段《いしだん》にすわって休けいをしている間、いつものようにひとりで遊んだ。今日は、大きくて細長い葉っぱをちぎってふねを作った。

ふねの作り方は、おじいちゃんが教えてくれた。葉っぱの両方のはしを折《お》り曲げて、手でちぎったところを合わせたら、できあがり。

ふねをたくさん作って石段《いしだん》にならべていたら、おじぞうさんの前に、ダンボール箱があるのに気づいた。近づくと半分だけふたがしまっていて、そこに黒のマジックで、「かわいがってください」と書いてあった。

箱をのぞくと、なにかが動いた。おそるおそるふたを開けると、それは子犬だった。うす茶色のちっちゃな犬が一ぴき。丸まってふるえていた。

手をふって、おじいちゃんを呼《よ》んだ。

『すて犬だ』

ダンボールの中を見たおじいちゃんは、かなしそうな顔だ。

ぼくは、ずっと犬がかいたいと思っていた。

でもお父さんが、「じぶんのこともできないのに、犬の世話なんかできないだろう」とか、「犬はおまえより早く死ぬんだ。死んだらかなしいぞ」とか言うから、ほしいって言えなかった。

ほっぺたに、雨がぽつんと落ちた。

見あげると、空が暗くなっていた。

おじいちゃんは、ほちょうきがぬれないようにはずして、ズボンのポケットに入れた。そしてぼくにつえをわたすと、子犬をだきあげて、首にまいていたタオルで包《つつ》んだ。犬は目を閉《と》じたまま、まだふるえている。

おじいちゃんは、家に向かって歩き出した。

つえがなくても、ぐんぐん進む。

どんどん雨が強くなって、かわぐつがぬれて歩きにくそうだったけど、いつもよりしっかり歩いていた。

ぼくのポシェットもびっしょりだ。

横にならんでおじいちゃんの顔を見ると、おでこにかみの毛がくっついて、雨のしずくで目がしょぼしょぼしていた。

前のほうから、大きな黒いかさをさした人が歩いてきた。

お父さんだった。

お父さんは、びしょぬれのおじいちゃんとぼくを見て、すごいいきおいで走ってきた。そしてぼくに、手に持っていたかさをおしつけるように二本わたした。

「どうしてかさを持っていかなかったんだ。かぜをひくだろう」

お父さんがどなった。

「ごめんなさい」

ぼくはすぐにあやまった。

大きいほうのかさを開いて、おじいちゃんといっしょに入った。

おじいちゃんがかかえている子犬に気づいたお父さんが、「どうしたんだ?」と、ぼくにきいた。

「おじぞうさんの前に箱が置《お》いてあって、その中にいた」

小さな声で答えた。

「どうして拾ってきたんだ」

お父さんがこわい顔できいた。

おじいちゃんがなにも言わずに歩き出したから、あわててぼくもついていった。

「おじいちゃん、つえがなくても歩けるよ」

お父さんのきげんを直そうと、ふり返って話しかけた。

「つえがいらないなら、かさを持っていけ」

お父さんはおこったままぼくたちを追いこして、先に歩いていってしまった。

よく朝、ぼくは平気だったけど、おじいちゃんはきのうの雨のせいでかぜをひいていた。鼻水が出て、ちょっと熱《ねつ》もあるみたい。

「今日の散歩《さんぽ》は休みだ。おやじはおやつなしだからな」

おじいちゃんの家からもどってきたお父さんは、まだおこっている。

ぼくは学校から帰ると、すぐにおじいちゃんの家に行った。

きのうの夜、お父さんが、雨にぬれてもだいじょうぶな布《ぬの》で、ぼくのバッグを作っていた。肩《かた》から下げるポシェットじゃなくて、こしのところにつける、ウエストバッグだ。

おじいちゃんはいつものえん側《がわ》にすわって、子犬をひざにのせ、ふり出した雨をながめていた。子犬はおじいちゃんになれたのか、目を閉《と》じてじっとしている。

おじいちゃんを見て、びっくりした。お父さんが買った白いシャツと、青いズボンを着ている。新しいぼうしと、まっ白な運動ぐつもそばにあった。

「散歩《さんぽ》は行かないほうがいいって、お父さんが」

ぼくが言うと、おじいちゃんはさびしそうな顔でうなずいた。

ないしょで持ってきたおやつをポケットから出して、おじいちゃんの手にのせた。

おじいちゃんの大好《だいす》きなミルクキャラメルが二つ。

『ありがとう』

おじいちゃんは、右手で左手を軽くたたいて頭を下げた。そしてキャラメルの一つをぼくの手にのせた。

おじいちゃんはキャラメルの包《つつ》みを開けて口に入れると、にっこり笑《わら》った。ぼくもキャラメルを口に入れた。

あまいミルクの味が、口の中に広がった。

となりにすわると、おじいちゃんはぼくの新しいウエストバッグをじっと見ている。人差《ひとさ》し指でほっぺたをさわって親指を立て、右手で左うでをなでた。

『お父さん、じょうず』

「うん。お父さん、すごくおこりんぼうだけど、なんでもできるんだ。学校で使うシューズ入れとか、体育服を入れるバッグも作ってくれたんだよ」

おじいちゃんはぼくの話を、うなずきながらきいている。

子犬を、ぼくのひざにのせてくれた。

あらってあげたから、ふわふわだ。

おじいちゃんが、子犬の名前を考えていた。

スカイシー。

スカイは空で、シーは海。ぼくの名前とおんなじだ。

ぼくが子犬とじゃれていると、おじいちゃんが空を指差《さ》した。いつの間にか雨がやんでいて、そこに大きなにじがあった。おじいちゃんが左のてのひらを右のてのひらでなでた。

『きれい』

「うん、すごくきれい」

おじいちゃんの手話をまねて、左のてのひらを右のてのひらでなでた。

「にじはどうやるの？」

おじいちゃんは右手の親指を立てて、人差《ひとさ》し指と中指を横にのばして、数字の七を作った。そしてその手を、空に向けて左から右へ大きく動かした。

「七は、にじの色が七つだから？」

郵 便 は が き

おそれいりますが切手をおはりください。

652-0846

神戸市兵庫区出在家町2-2-20

BL出版 愛読者係 行

ご住所 〒

男・女

お名前《フリガナ》 年齢 歳

TEL

ご記入いただいた個人情報は、ご希望の方への各種サービス以外の目的では使用いたしません。なお
ご承諾いただいた方のみ、ご意見を弊社の販促物等へ転載する場合がございます。

ご愛読ありがとうございます。皆様のご意見、ご感想をうかがい、今後の本づくりの参考にさせていただきたいと思います。ご協力いただいた方にはBL出版オリジナルポストカードを差しあげます。

●本のなまえ

●お買い求めの書店名（　　　　　　　　　　）

●この本を何でお知りになりましたか

□ 書店で　□ 書評で　□ 先生、友人、知人から

□ 広告で　□ その他（　　　　　　　　　　）

●この本を読まれた方

（男・女　　歳　　　　　　　　　　）

●その他、ご意見、ご感想をお聞かせください

（今後読んでみたい作家・画家・テーマなどあればお書き下さい）

●ご意見を匿名（例：40代女性）で当社のホームページ、ちらし等に掲載してもよろしいですか　□ 承諾する

●児童書目録（無料）を希望されますか　□ 希望する

ホームページ(https://www.blg.co.jp/blp)で新刊情報をご覧いただけます。

また、ホームページやお電話(078-681-3111)でご注文も承ります。

おじいちゃんはこくりとうなずいた。そして国によって、にじの手話がちがうことを教えてくれた。

『いろいろ』

おじいちゃんは右手の人差《ひとさ》し指と親指をのばして、手首をよじりながら横に動かした。

『にじの色が七つだと言う人、四つだと言う人。いろいろあっておもしろい』

そう言って、もう一度空に向けて、七の数字をゆっくり動かした。

「なないろのはしがかかったみたい」

おじいちゃんは、またうなずいた。

ぼくは、おじいちゃんをまねて、なんどもなんども、空に向かって大きなにじを作った。

「早く元気になって、また散歩《さんぽ》に行こうね」

『いっしょに』

おじいちゃんはスカイシーを指差《さ》して、両手の人差《ひとさ》し指を合わせた。

ぼくは一日の中で、散歩《さんぽ》のお手伝《てつだ》いが一番好《す》きだ。

学校から帰っておじいちゃんと散歩《さんぽ》する時間が、すごく楽しい。

4 金魚

下校時間、校門の前で、はなみちゃんとようたくんが話をしているのが見えた。そしてようたくんは、うしろから来たぼくに気がつかないまま、走っていってしまった。

ひとりで帰るとか、めずらしい。

不思議《ふしぎ》に思っていると、「ようたくん、いそいでおばあちゃんの家に行かなきゃいけないって」と、帰りながらはなみちゃんが教えてくれた。

ようたくんのおばあちゃんの家は、ぼくのおじいちゃんの家から歩いて一分くらい。これまではひとりでくらしていたけど、ようたくんの家にお引っこしするそうだ。

「かたづけのお手伝《てつだ》いをしていたら、持っていたクマタがなくなったって。今日はおばあちゃんのおうちをさがす最後《さいご》のチャンスだって」

クマタは、一年生のときのたん生日プレゼントに、はなみちゃんがあげたクマのマスコット人形だ。ぼくも一年生のときにもらった。ようたくんのは黄緑色、ぼくのは水色、はなみちゃんのは黄色のズボンをはいている。それぞれの名前をとって、ようたくんのはクマタ、ぼくのはクマミ、そしてはなみちゃんのはクマナと、ししゅうが入っている。

「ようたくんのクマタ、いっしょにさがしてあげない？」

ぼくの家の前に着いたときに、はなみちゃんが言った。

散歩《さんぽ》をする時間もあるし、ようたくんのクマタはどうでもよかったけど、はなみちゃんのたのみはことわれない。ぼくはだまってうなずいた。

「じゃあ三時に、ようたくんのおばあちゃんの家の前に集合ね」

はなみちゃんは、手をふって走っていった。

ようたくんのおばあちゃんの家に行くと、げんかんの前でようたくんとはなみちゃんがしゃべっていた。ようたくんは、犬のジョンをだいていた。トイプードルという茶色の毛がふわふわのかわいい犬で、ほいく園のころからかっている。

「うちのおばあちゃん、おんなじことを何回も言うけど、気にしないでね」

ようたくんがいきなり言うから、どういうことだろう、とすごく気になった。

家に入ると、ソファーにすわっていたようたくんのおばあちゃんが笑顔《えがお》でむかえてくれた。

「同じクラスのはなみちゃんとそらみくん。ぼくのクマタをいっしょにさがしてくれるって」

ようたくんが、ぼくたちをしょうかいした。

「こんにちは」

おばあちゃんが、すわったままていねいに頭を下げた。

ようたくんのおばあちゃんに会ったのは、一年生の交流会のときぶりだ。すわっているからか、そのときより、ずいぶん小さくなった気がした。

交流会は、みんなのおじいちゃんやおばあちゃんが学校に来て、竹とんぼやコマ回し、メンコ、かるた、あやとり、ゴム飛《と》びとか、おじいちゃんやおばあちゃんが小さいころにやっていた遊びを、いっしょに楽しむ時間だ。

ようたくんのおばあちゃんは、ぼくのおばあちゃんといっしょにお手玉コーナーにいた。かぞえ歌をうたいながら、お手玉をひょいひょいっと放《ほう》り投《な》げて受け取る遊びだ。ぼくは、お手玉を両手で二こまではなんとかできたけど、おばあちゃんたちは片手《かたて》とか、両手でお手玉三ことかできて、みんなが「すっげー」って、はく手をしていた。

交流会で元気だったころのおばあちゃんたちを思い出していたら、ようたくんのおばあちゃんに、「お名前は？」ときかれた。

さっきようたくんが、「おんなじことを何回も言う」と、言っていたのを思い出した。

「そらみくんだよ」

ぼんやりしていたぼくに代わって、ようたくんが答えてくれた。

「こんにちは」

ようたくんのおばあちゃんは、ぼくに向かってまた頭を下げたから、ぼくもいっしょに頭を下げた。

引っこしのかたづけはだいたい終わっていて、荷物を入れたダンボール箱が部屋のすみにたくさん積《つ》み上げられていた。ようたくんにあんないされて、部屋中を見て回ったけど、クマタを置《お》きわすれているような場所はなかった。

「ダンボール箱の中かなあ。うちに運んで荷物を出すときに、さがすしかないね。せっかく来てくれたのにごめんね」

ようたくんが、オレンジジュースの入ったコップをおぼんにのせて運んできた。

ぼくたちは、ようたくんのおばあちゃんがいるソファーにすわった。

「お名前は？」

おばあちゃんが、ぼくにまたきいた。

ぼくはどうすればいいのかわからなくて、どきどきして声が出なかった。

「同じクラスのそらみくんだよ」

ようたくんが、また答えてくれた。

初《はじ》めてしょうかいするみたいに言ったから、ほっとした。それからもようたくんはふつうにおばあちゃんとしゃべっていて、それを見ていたらなんだかやさしい気持ちになった。


リビングのたなに、丸いガラスの金魚ばちがあって、そこに小さな金魚が二ひき泳いでいた。

ぼくは、金魚がきらいだ。

おじいちゃんの家でかっていたキンちゃんがほいくちゃんのころに死んでから、金魚ときくだけで、白いおなかを上に向けて口をぱくぱくしているキンちゃんを思い出して、ぞくぞくする。

四年生の教室にも金魚がいるから、水そうにはできるだけ近づかないし、見ないようにしている。

ようたくんのおばあちゃんが、金魚にえさをやり始めた。

口をぱくぱくさせながら泳いでいる金魚が見えて、ぎゃっと声が出そうになったから、おなかにぐっと力を入れた。

鳥はだが立って、せなかがぞくぞくっとした。

「そらみくんのおじいちゃんの家にも、金魚がいたよね。キンちゃん。かわいかったなあ」

キンちゃんは、はなみちゃんといっしょに行った夏まつりですくった金魚だ。

「このオレンジ色の金魚、キンちゃんそっくりじゃない」

はなみちゃんは、ぼくが金魚をきらいになったことを知らない。

「そんなににているんだ」

ようたくんは、目を丸くした。

「でもキンちゃん、死んじゃったって」

はなみちゃんがそう言うと、ようたくんがすごいいきおいでふり返った。

「じゃあ、金魚ばちごと、持って帰っていいよ」

その顔がじょうだんに見えなかったから、どうしようって思った。

「でも、おばあちゃんの金魚でしょう」

はなみちゃんが小声で言った。

「これ、みんなにはひみつなんだけど」

ようたくんがぼくとはなみちゃんに顔を近づけた。

「ぼく、金魚がきらいなんだ。ここの金魚が死んでいるのを見て、こわくなっちゃって」

ぼくとおんなじだ。びっくりしすぎてしゃっくりが出そうになって、思わずつばをごくっとのみこんだ。

「おばあちゃんはかわいがっているんだけど、ぼく、見るのもこわくて」

「ようたくん、学校の金魚のお世話係でしょう。水そうの水をかえるのがたいへんだから、だれもやりたがらなかったのに、ようたくん、じぶんから手をあげてえらいなあって思っていたの。金魚がきらいなのに、どうしてお世話係になったの？」

はなみちゃんのしつ問《もん》に、ぼくも、うんうんとうなずく。

「だって係を決めるときに、だれも手をあげなかったんだもん。お世話する人がいなくて、死んだらかわいそうだろ。それに、おばあちゃんの金魚のお世話をできるようにならなきゃって思って。えさをやるのはちょっとなれたけど、でも水をかえるときは、まだどきどきするんだ」

「じゃあ、こんどからわたしがいっしょに水をかえてあげる」

「ほんとに？　ありがとう。言ってよかった」

ようたくんとはなみちゃんが話している間、おばあちゃんはまた金魚にえさをやっている。でもおなかがすいていないからか、金魚はしらんぷり。えさが水をすって、ゆっくりしずんでいく。

「おばあちゃん、さっきえさをやったこと、わすれてるんだ」

「うちのおばあちゃんもおんなじだよ。毎日電話をかけているのに、いっつも、ひさしぶりねって言うの。おんなじこと、何回もきくし」

「いっしょだね」

「でも、さくらもちの作り方はお料理《りょうり》ノートに書いていて、それを見ながら教えてくれたのよ。つぎに会ったときは、いっしょに作ろうねってやくそくしたの」

「はなみちゃん、やさしいんだね」

「ようたくんもやさしいよ。さっきおばあちゃんがそらみくんの名前をきいたときに、やさしく教えてあげていたでしょう」

「だって、わざときいているんじゃないんだもん。ぼく、おばあちゃんが大好《だいす》きだから、おばあちゃんの笑《わら》った顔、いっぱい見たいんだ。よし、決めた！」

ようたくんが、いきなり声をあげた。

「おばあちゃんの金魚、うちに持ってきていいよ」

ようたくんが、おばあちゃんに向かって言った。

「ぼく、おばあちゃんといっしょに、金魚のお世話、がんばるよ」

「ありがとうね。よろしくおねがいします」

おばあちゃんのしわしわのちっちゃい顔が、くしゃっとなった。

ぼくは水そうの水をかえるお手《て》伝《つだ》いはできないし、だからといってようたくんみたいに、「金魚がきらいなんだ」とも言えない。ただ、金魚ばちごともらう話がいつの間にかなくなって、ほっとしていた。

ようたくんのおばあちゃんの家を出たあと、ぼくたちはようたくんの家の倉庫《そうこ》に行くことになった。倉庫《そうこ》にようたくんの部屋の使わない物をまとめたダンボール箱があるときいて、はなみちゃんが、「帰りにさがそう」と言い出したのだ。

ようたくんの家の倉庫《そうこ》は、おじいちゃんの倉庫《そうこ》とはぜんぜんちがっていて、とてもきれいに整理されていた。

ようたくんがかたづけたダンボール箱には、ほいく園のころにかいた絵や、おもちゃ、去年まで使った教科書やノートとかが、きちんとわけられていた。箱を開けてひとつひとつ中を調べたけど、クマタはどこにもなかった。

「もういいよ。やっぱり、おばあちゃんのダンボール箱の中だよ」

「見つからなかったら、またあげるから」

はなみちゃんはようたくんにやさしい。

「こんどは、はなみちゃんみたいに、バッグにつけるね」

はなみちゃんは、お出かけ用のバッグにクマナをぶらさげていた。

「そらみくんのクマミは、家にあるの？」

ようたくんにきかれて、すぐにうなずいた。

じつはおじいちゃんの倉庫《そうこ》のかたづけのあと、じぶんの部屋のかたづけをして、そこでクマミを見つけたばかりだった。工作の道具入れから出てきたとき、クマミがぼくのたから物だったことを思い出した。今は、ちゃんと机《つくえ》の上に置《お》いている。

「ここあついね。出ようか」

ようたくんが言ったから、ぼくたちは倉庫《そうこ》の外に出た。

入り口には、ジョンがつながれている。

「ぼくあついの、きらい。はなみちゃんとそらみくんは夏と冬、どっちがいい？」

ようたくんのおしゃべりが始まった。

「わたしは泳げないから、冬がいいなあ」

「ぼくも冬が好《す》き。寒いときはたくさん洋服を着ればいいし、それに海で泳ぐより、雪遊びのほうが楽しいもん」

ぼくが答える前に、ようたくんが言った。

ぼくは夏が大好《だいす》きだ。早くプールが始まらないかなって、毎日、運動場横のプールを見ながら思っている。それから、あせをだらだら流しながら食べるアイスやスイカも最高《さいこう》だ。

「それにぼく、スイカ、食べられないんだ」

ようたくんのおしゃべりは止《と》まらない。

「えー、わたし、スイカ大好《だいす》きよ」

「はなみちゃん、猫《ねこ》と犬、どっちが好《す》き？」

「どっちも好《す》きよ」

ジョンのせなかをなでていたはなみちゃんが、顔をあげた。

「あれ、ジョンのおうち？」

庭のすみにある赤いやねの小屋を指差《さ》した。

「そうだよ」

「ジョン、外でかってるの？」

「いつもは家の中にいるけど、天気のいい日は外の小屋にいるよ」

じぶんの名前が呼《よ》ばれたからか、ジョンが立ちあがって、はなみちゃんのバッグにぶらさがっているクマナのにおいをくんくん。

「ジョン、クマナのこと、気に入ったみたいだね」

ようたくんのことばをきいて、ふとスカイシーのことを思い出した。

スカイシーは、すぐにおじいちゃんの物をくわえてどこかへ持っていく。この前もおじいちゃんのくつ下をテレビのうしろに持っていって、くつ下を見つけたお父さんに「ぬいだら、ちゃんとせんたくきに入れろ！」と、おじいちゃんがおこられていた。

「かたづけのお手伝《てつだ》いをしていたとき、ジョンはどこにいたの？」

いきなりしゃべり出したぼくを見て、ふたりは目を丸くしている。

「いっしょにいたよ」

ようたくんの答えをきいて、ぼくは犬小屋に向かってかけ出していた。

「そらみくん、どうしたの？」

はなみちゃんとようたくんが、ジョンをつれて追いかけてきた。

犬小屋をのぞくと、青いもうふがしかれていた。

もうふのすみっこに、黄緑色のなにかが見えた。

クマタだ。

よごれているけど、たしかにクマタだった。

ぼくは、ようたくんにクマタをわたした。

「ジョンが持ってきたの？　もー、さがしたんだから」

ようたくんは、ジョンの顔をくしゃくしゃになでながら笑《わら》っている。

「そらみくん、すごーい。よくわかったわね」

はなみちゃんが声をあげた。

「そらみくん、見つけてくれてありがとう。はなみちゃんも、さがしてくれてありがとう」

ようたくんは、ようたくんのおばあちゃんみたいに、ていねいに頭を下げた。

ありがとう、って言われると、すごくうれしい。

はなみちゃんに、クマタをいっしょにさがそうって言われて、最《さい》初《しょ》はようたくんのクマタのことはどうでもいいって思っていたけど、見つかってほんとうによかった。はなみちゃんにもらった、ぼくたち三人のたから物だから。

今日、はなみちゃんとようたくんといっしょにいて、今まで知らなかったふたりのやさしいところがたくさんわかった。それから、はなみちゃんとようたくんにもきらいなものがあるってわかって、びっくりした。

はなみちゃんは泳げないとか、ようたくんはあついのがきらいとか、スイカが食べられないとか。一番おどろいたのは、ようたくんも金魚がきらいだったってこと。
みんなきらいなものはいろいろだけど、きらいなものがあるのはおんなじだ。
みんなおんなじだって思ったら、なんだかほっとした。

5 歌

六月は雨ばっかりで、運動場で遊べない。ぼくは雨の日の昼休みはだいたい教室にいて、本を読んだり絵をかいたりしている。

ようたくんが、ぼくの横に来た。

「今週の日曜日、ひま？」

顔をあげて、ようたくんを見た。

「なないろのはしで、おばあちゃんのおたん生日会があるんだけど、いっしょに行かない？」

ようたくんのおばあちゃんは、六月から、なないろのはしのデイサービスに通っている。そこで六月生まれのおじいちゃんやおばあちゃんのおたん生日会があって、その家族も参加《さんか》できるらしい。

「ぼく、家族じゃないけど」

「友だちもつれてきていいって」

友だちって言われて、どきっとした。

「はなみちゃんもさそったけど、スイミングだから終わったら来るって」

はなみちゃんを先にさそったんだ、って、ちょっとがっかりした。

「そらみくんもいっしょに出ようよ」

「なんに？」

「のどじまん大会」

ぼくは、歌がきらいだ。

「おたん生日会のあとにやるんだって。だれでも出ていいって。おばあちゃんがよろこぶから、出るって言っちゃったんだ」

ようたくんは、積極的《せっきょくてき》だ。いつでもどこでも、「はい、はい」と、手をあげる。計算の答えがわからなくてもあげるから、ちょっとおどろく。

「でも、ひとりで出るって言ったんでしょう」

あわてて言った。

「友だちといっしょでもだいじょうぶだって」

ぜったいにムリ。

「ぼく、歌、へただし」

ここはがんばって伝《つた》えなきゃ。

「ぼくもへただからだいじょうぶだよ。ひとりだけうまかったら目立つけど、ふたりともへただったら、どっちがへたかわからないだろ」

なにを言っているのかわからない。ようたくんが、うちゅう人に見えた。

「人の前でうたうとか、はずかしいよ」

なんとしてもことわらなきゃ。

「でも、楽しいよ」

うたうのが楽しいとか、ぜったいにない。

ぼくは、家で歌をうたうことがない。ほいく園のころも、学校の音楽の時間も、いつも口をぱくぱくさせるだけで、声を出してうたったことがない。

「べつにへたでも、楽しかったらいいんだよ。ほいく園のころ、発表会の練習のときに、となりの子に、うるさいって言われたけど、気にしないでうたったよ。すごく楽しかった」

ようたくんは音楽の時間、クラスで一番大きな声でうたっている。

「ぼく、ききに行くから」

「きいているより、うたったほうがぜったい楽しいって」

ぼくはうたうより、きいているほうがいいの。

そう言おうとしたら、ようたくんがぽつりとつぶやいた。

「そらみくんといっしょに出たいんだ」

そんなこと言われたってこまるよ。

「ひとりじゃつまらないもん。だれとうたいたいかって考えて、やっぱりそらみくんがいいなあって思ったんだ」

はなみちゃんを先にさそったくせに。

「今日は月曜日だから、日曜日までの一週間、放課後《ほうかご》いっしょに練習しようよ」

「でも、家に帰ったらお手伝《てつだ》いがあるから」

ぼくは、おじいちゃんと海に散歩《さんぽ》に行くことを伝《つた》えた。

すると、ようたくんがとんでもないことを言い出した。

「じゃあ、そらみくんのおじいちゃんの散歩《さんぽ》の時間に、ぼくも海に行くよ。海だったら大きな声が出せるから、練習になるでしょう。帰ったらお母さんに車でつれていってもらうから、海で待ち合わせね」

ようたくんは、勝手に話を進めている。

「そらみくん、うたいたい歌、ある？」

首を横にふった。

「そらみくんがうたいたい歌でいいよ」

ぶんぶん、首を横にふった。

「海に着くまでに、うたいたい歌、考えてきて」

また首を横にふろうとしたら、そうじが始まる音楽が流れた。

「じゃあ、今日から練習ね」

そう言って、ようたくんはじぶんのそうじ場所に行ってしまった。

学校から帰って、おじいちゃんの家に行った。

ぼくがお手伝《てつだ》いを始めてから、おじいちゃんの散歩《さんぽ》は続《つづ》いている。おじいちゃんが、ひざがいたい、と言うことはなくなった。梅雨《つゆ》に入ってからも、かさをさしてがんばって歩いている。

散歩《さんぽ》の間、ずっとのどじまん大会のことを考えていた。

いつもよりゆっくり歩いていたみたいで、スカイシーをつれたおじいちゃんがふり返って、ぼくを心配そうに待っていた。

『学校でなにかあったか』

ようたくんに、のどじまん大会にさそわれたことを伝《つた》えた。

おじいちゃんが、右手の人差《ひとさ》し指と中指を口にあてて、その二本の指でくるんと円をかいた。『歌』だ。

「おじいちゃん、歌、好《す》き？」

おじいちゃんはにっこり笑《わら》って、そして大きくうなずいた。

それから、おばあちゃんとカラオケに行ったことを話してくれた。

「おじいちゃんもうたうの？」

『もちろん』

おじいちゃんはそう言って、『お父さんも小さいころはようたっていた』と、教えてくれた。

「お父さんが？　お父さん、なにをうたっていたの？」

おじいちゃんは、ちょっと首を横にかたむけた。

『じぶんで作った歌』

「お父さん、じぶんで歌を作ってうたってたの？」

『体をゆらして楽しそうだった』

おじいちゃんは、思い出したように笑《わら》っている。

「ぼく、うたいたい歌がないんだ」

『うたいたい歌を作ればいい』

「そんなのムリだよ。どうやって作るの?」

おじいちゃんは、また首を横にかたむけた。

『そらみが言いたいことを歌にすればいい』

「むずかしいよ」

おじいちゃんがじぶんの右手と左手で、あく手をした。

「友だち?」

『ようたくんは友だち。だからじぶんの気持ちを伝《つた》えて、いっしょに考えればいい』

おじいちゃんはそう言って、両手を体の前でぎゅっとにぎってこぶしを作った。

『がんばれ』

「わかった。ようたくんに話してみる」

おじいちゃんと話したら、ちょっと安心した。

草の上に、赤いものが光っていた。そっと近づくと、テントウムシだった。

おじいちゃんがテントウムシの手話を教えてくれた。右手の親指と人差《ひとさ》し指で丸を作って、左手の上にテンテンテン。すぐに覚《おぼ》えた。

おじいちゃんが落ちていたえだを、テントウムシの前に置《お》いた。テントウムシはえだをのぼって、のぼって、のぼって、そして空に向かって飛《と》んでいった。

『おてんとうさまに向かって飛《と》ぶから、テントウムシ』

「ようたくんにも、テントウムシの手話、教えてあげようかな」

おじいちゃんは細い目をもっと細くして、にっこりうなずいた。

ようたくんのお母さんの車を見送ったぼくたちは、おじいちゃんといっしょにはまべに向かった。

おじいちゃんはていぼうにすわると、スカイシーをだいて海をぼんやりながめている。

「うたいたい歌、決まった？」

ようたくんにきかれて、ぼくはうたいたい歌がないこと、それから、おじいちゃんから『うたいたい歌を作ればいい』と言われたことを伝《つた》えた。

ようたくんは、歌を作ることに大さんせいだった。

ようたくんは、はなみちゃんとおんなじ音楽教室に通っていて、歌を作ったことがあった。

「歌を作るときは、歌詞《かし》とメロディを考えるんだ」

ようたくんが言った。

「メロディって、曲のこと？」

「そう。メロディを作ってから歌詞《かし》を考えてもいいけど、今回はそらみくんが言いたいことを歌詞《かし》にしよう。それにメロディをつければできあがり」

「ようたくんが考えた歌詞《かし》でいいよ」

「じゃあ、いっしょに考えよう。そらみくんは、どんなことを歌にしたい？」

だから、歌にしたいことなんてないってば。

ぼくはだまった。

「今日、学校から帰って、そらみくんとのどじまん大会に出るって話をしてたら、おばあちゃん、ずっとにこにこしてて」

ようたくんがいつものようにしゃべり出した。

「ぼくはおばあちゃんにきいてもらいたい。だから、おばあちゃんがよろこんでくれる歌をうたいたい。そらみくんは、だれに歌をきいてもらいたい？」

だれにもきいてもらいたくない。

ようたくんは、細くてじょうぶな木のぼうをさがしてくると、しめったすなのところに行った。

「四年生になって、どんなことがあった？」

ようたくんが、先生みたいにきいた。じっとぼくを見たままだまっているから、お父さんのたから物を見つけたこと、おじいちゃんとの散歩《さんぽ》、スカイシーを拾ったこと、にじを見たこととか、頭にうかんだことを話した。

ようたくんは、すなにことばを書いていく。

「あとね」

「まだあるの？」

ようたくんが目を丸くした。

「きらいなものが好《す》きになった」

口が勝手に動いた。

「きらいなもの？」

「さくらもち。ぼく、さくらもちが食べられなかったんだ。でもはなみちゃんが作ったのは食べられた」

しゃべり出したら止《と》まらなくなった。

「金魚は、まだ苦手だけど」

すっと言えた。

ようたくんは、ぽかんと口を開けている。

最初《さいしょ》はじぶんの思っていることを言うのがはずかしかったけど、今はなんだか気持ちがいい。

「四年生になっていろいろあって、毎日がおもしろいかも」

「いろいろあっておもしろいかあ。それ、歌詞《かし》にいいね」

ようたくんが、すなに書いた。

「にじの話もいいね。なないろのはしでうたうから、なないろのはしって、ぜったい歌詞《かし》に使いたい。おばあちゃんもぜったいよろこぶよ」

ようたくんが言ったから、うれしくなった。

「お父さんやおじいちゃんに言いたいことはない？」

「言いたいこと？」

ちょっと考えた。

「どんなことを伝《つた》えたい？　ぼくはおばあちゃんに、ずっと笑《わら》っていてほしい。そらみくんは？」

「ぼくも、お父さんやおじいちゃんといっしょに笑《わら》いたい。ずっとなかよしがいい」

「おんなじだね」

ようたくんが笑《わら》った。

「いっしょに歌を作るって、楽しいね」

ぼくもおんなじことを考えていたから、すぐにうなずいた。

たくさん書いた中から、歌詞《かし》にすることばを選《えら》んだ。

使わないことばをどんどん消していく。

「短い歌だったら、すぐに覚《おぼ》えられるよね。これくらいにしようか」

のこったことばを見て、ようたくんが言った。

「じゃあ、つぎはメロディね」

そう言って、ようたくんがいきなり鼻歌をうたい出した。

「もう、うたえるの？」

「そらみくんもできるよ。歌詞《かし》に合わせて、てきとうにうたっててみたら」

「ぼくはムリ。ようたくん、おねがい」

ぼくは両手を合わせた。

ようたくんは鼻歌をうたいながら、こんどはリズムに合わせたことばを選んでいった。

ぼくはメモ帳に、ようたくんがうたった歌詞《かし》を書いた。

ようたくんは、歌詞《かし》やメロディをちょっとずつかえて、なんどもうたった。

ようたくんがうたう歌詞《かし》とメロディが、だんだんおんなじになっていく。

「それ、いいね」

ぼくが言ったら、「じゃあこれね」と、あっさり決まった。

短いけど、ひとつひとつのことばにぼくたちが思っていることがたくさんつまっていて、すてきな歌だ。

ぼくたちはちゃんと覚《おぼ》えるために、たくさんうたった。

おじいちゃんが、スカイシーをつれてきた。

メモ帳の歌詞《かし》を見せたら、おじいちゃんが両手を上げてひらひらさせた。『はく手』の手話だ。

それを見たようたくんが、「そらみくんのおじいちゃんが、見てわかる歌にしよう」と言った。

つぎの日は、おじいちゃんといっしょに、歌詞《かし》に手や体の動きをつけた。

ようたくんと、毎日海で練習した。

おじいちゃんとスカイシーがお客さん。

そのうちおじいちゃんも覚《おぼ》えて、ぼくたちといっしょに楽しそうに体を動かしていた。

一週間があっという間だった。

一週間が、すごく楽しかった。

最後《さいご》の練習の日、散歩《さんぽ》の帰り道におじいちゃんに言った。

「のどじまん大会、おじいちゃんとお父さんも来ていいって。ぜったい見にきてね」

おじいちゃんは大きくうなずいた。

「やくそくだよ」

右手の小指を出すと、おじいちゃんも小指を出して、指きりげんまんをした。


日曜日。のどじまん大会は午後からで、ぼくたちは一番最後《さいご》になったから、おじいちゃんとお昼ごはんを食べてからなないろのはしに行った。

ようたくんは午前中のおたん生日会から参加《さんか》していて、お昼のごちそうも食べたみたい。ぼくが着いたときは、おじいちゃんやおばあちゃん、その家族、それからスタッフさんが、カラオケで好《す》きな歌を選《えら》んでうたっていた。

みんな楽しみにしていたみたいで、お客さんはいっぱいだ。

はなみちゃんもちょうど来たところだった。

「ふたりとも、がんばってね」

はなみちゃんが、ぼくたちのところに来て声をかけてくれたから、うれしいのときんちょうとで、どきどきが止《と》まらなくなった。

ホールのステージ横から、お客さんの席《せき》をのぞいた。

ぼくのおじいちゃんは、一番うしろのいすにすわっていた。

なんだか、きょろきょろしている。

おじいちゃんが入り口を向いて、手をあげた。

見ると、そこにお父さんがいた。

お父さんは今朝、「急な仕事が入って行けない」と言っていたけど、来てくれたみたい。

お父さんはおじいちゃんに気づくと、おじいちゃんのとなりにすわった。おじいちゃんは、ちゃんとお父さんの席《せき》もとっていた。

ふたりがならんですわっているのを見て、うれしくなった。

なないろのはしのスタッフさんが、ぼくたちの名前を呼《よ》んだ。

歌のタイトルは、「なないろのはし」。

ようたくんとふたりで考えた。

ステージの中央に立った。

ぼくのおじいちゃんやお父さん、ようたくんのおばあちゃんも、はなみちゃんも客席《きゃくせき》の人たちもみんな、目をきらきらさせてぼくたちを見ている。

どきどきが止《と》まっていた。
ようたくんと顔を見合わせて、同時に息をすった。
そしていっしょにうたい始めた。

たからものを　みつけた　ひ
ぼくたちみんな　なかよくなった
きらいなものは　いろいろ　いろいろ
いろいろあって　おもしろい
そらに　むかって　にじを　つくろう
みんなで　つくろう　なないろのはし
いっしょに　わらえば　すぐに　なかよし
ずーっと　ずーっと　ともだちだ

同じ歌詞《かし》を二回くりかえした。

おじいちゃんとお父さんが、頭をゆらしてきいている。はなみちゃんはうしろに立っていて、体を動かしていっしょにうたっている。

二回目は、客席《きゃくせき》のおじいちゃんやおばあちゃんたちが、ぼくたちとおんなじように手や体を動かしていた。

うたっていると、どんどん気持ちがよくなって、すごく楽しかった。

ようたくんも、にこにこしている。

うたい終わると、ホール全体から、たくさんのはく手が起こった。

客席《きゃくせき》を見た。

おじいちゃんが、手をひらひらさせていた。スタッフさんも、それからお父さんまで手をひらひらさせていたからびっくりだ。
ぼくは、客席《きゃくせき》に向かって両手をふった。
お父さんとおじいちゃんは顔を見合わせて、そして笑《わら》っていた。

エピローグ

おじいちゃんは、散歩《さんぽ》のあと、いっしょに夜ごはんを食べるようになった。

ぼくの家で食べたり、おじいちゃんの家で食べたり。お父さんは前みたいに、おじいちゃんにどならなくなった。

今日は、ぼくの家ですきやきだ。

おじいちゃんはすきやきのなべにはしを入れたまま、肉をしっかりおさえて、にえるのを待っている。

「だれもとらないよ」

お父さんが、手話をつけておじいちゃんに言った。

のどじまん大会のあと、お父さんはおじいちゃんと話すときに、手話を使うようになった。

　ぼくは知らなかったけど、お父さんはぼくが四年生になってから、公民館《こうみんかん》の手話教室に通っていたらしい。おじいちゃんとぼくが散歩《さんぽ》に行っている間も、手話の練習ビデオを見たり、手話辞典《じてん》でわからないことばを調べたり、録画《ろくが》した手話の番組を見たりして、手話の勉強をしていたみたい。

「手話教室に、ほちょうきをつけている高校生が習いに来ていて、その子とよく話すようになったんだ」

　お父さんがにこにこしながらしゃべっているのを見ると、ぼくまで楽しくなる。

「学校で一日中ほちょうきをつけていると、つかれるそうだ。休み時間は、物音や人の声で、話している人のことばがきこえなかったり、ききかえすとめんどうな顔をされたりすることもあって、いやな思いをしているらしい。その子の話をきいていると、これまでに気づかなかったことがたくさんあったって反省《はんせい》したよ」

お父さんが、反省《はんせい》した、って言ったから、ぼくとおじいちゃんは肉をとるのをわすれて、ぽかんとお父さんの顔を見た。

「ようたくんも手話の練習をしているんだろう」

「うん、はなみちゃんもだよ。昼休みに三人で図書室に行って、手話の本を見ながら練習しているんだ。ようたくん、虫が好《す》きでね、テントウムシの手話を教えたら、すごくよろこんでた。あと、虹《にじ》のかん字に〝虫〟がついているからって、にじの手話もすぐに覚《おぼ》えたんだよ」

「虹《にじ》は、まだ習ってないだろう」

「うん。でもようたくん、虫がついたかん字は、だいたい知っているって」

「虫がついたかん字か。むずかしそうだな」

「お父さんは虫がきらいだから、虫がついたかん字もきらいでしょう」

そんなことを言っても、お父さんは前みたいにおこらない。

「でも、どうして虹《にじ》には虫がついているんだろう」

お父さんが、首をかしげた。それを見たおじいちゃんははしを置《お》いて、『辞典《じてん》』と、本を開く手話をした。

ぼくはすぐに、いすにかけていたウエストバッグから、おじいちゃんの電子辞書《じしょ》を出した。

「そんな物、持ち歩いているのか」

お父さんが言った。

「これ、おじいちゃんの。おじいちゃん、わからないことばがあったら、辞典《じてん》で調べるようになったんだよ。散歩《さんぽ》のときは辞典《じてん》は重いから、この電子辞書《じしょ》を使ってるんだ」

「じゃあ、おやじが持っているほうがいいだろう。おやじにもウエストバッグを作ってやるとするか」

「おじいちゃん、ぜったいによろこぶよ」

ぼくとお父さんがしゃべっている間に、おじいちゃんが虹《にじ》について調べてくれた。

虹《にじ》というかん字の左側にある虫は、まむしというへびのことをいうらしい。

お父さんは、顔をしかめながらきいている。

「昔の人は、にじが、空にあらわれる大きなへびに見えたのかなあ」

ぼくが言うと、「へびというか、竜《りゅう》というか。かん字に虫がついているから、そういうことなんだろうな。それにしても、虫とかへびとか、きくだけでぞくぞくするな」

お父さんが、体をちぢめてふるえた。

おじいちゃんが、『それは、寒い、の手話だ』と言った。

「ぞくぞくするから、寒い、か。意味がわかると覚《おぼ》えやすいな」

お父さんが言うと、おじいちゃんが、『冬、と、こわい、も同じ手話』と言った。

「それじゃ、寒いか、冬か、こわいか、わかりにくいね」

ぼくが言うと、「手話は手の動きだけじゃなくて口や顔の動きも使って表すって、手話教室で習ったぞ」と、お父さんが教えてくれた。

おじいちゃんもうなずいている。

「にじの手話はどうやるんだ？　にじなんてことば、使うことがなかったからな」

お父さんがおじいちゃんを見た。

おじいちゃんはぼくに教えたように、右手で数字の七を作って、左から右にゆっくり動かした。

「にじの色が七つに見えるから、数字の七なんだって。よその国はちがうみたいだけど」

「それ、きいたことがある。にじの色は、国や人によって見える数がちがうって」

お父さんはそう言って、右手で数字の七を作って動かした。

「なないろのはしがかかったみたいだな」

ぼくとおんなじことを言っている。

お父さんが、右手の七を思いっきりのばして、ゆげが出ているなべの上で大きなにじを作った。

「うわあ、すきやきに、にじがかかったあ」

ぼくが言うと、お父さんが声をあげて笑《わら》った。

横を見ると、おじいちゃんも笑《わら》っている。

「こんどの日曜日、みんなで魚つりに行かないか」

お父さんがとつぜん言った。

「ようたくんとはなみちゃんもさそったらいい」

「ほんとに？　ほんとうにさそってもいいの？」

「もちろん」

そう言ってカレンダーを見たお父さんが、はっとした顔になった。

「もうすぐそらみのたん生日だ。プレゼント、なにがほしいか考えておけよ」

お父さんに言われて、九さいのたん生日にもらった人生ゲームと、お父さんと遊ぶ券《けん》のことを思い出した。

「去年は、お父さんと遊ぶ券《けん》を作ったなあ」

お父さんが、そのことを覚《おぼ》えていたからおどろいた。

「あれ作るの、たいへんだったんだぞ。犬とかオムライスとか、おまえの好《す》きなものの絵を一枚《まい》ずつかいたんだ。ちゃんと見たのか？」

プレゼントをもらってすぐに机《つくえ》の引き出しに入れたから、知らなかった。お父さんのおもちゃのうで時計とおんなじだ。

「せっかく作ったのに、おまえ、ぜんぜん使わないんだから」

「だってお父さん、いつもいそがしそうだから」

思っていることが、口から出た。

「だから、お父さんと遊ぶ券《けん》をやったんだ。ああいうのがないと、なかなか遊ぶ時間を作らないだろう」

お父さんと遊ぶ券《けん》がなくても、遊んでよ。

そう言おうとしたら、「よし、ごはんが終わったら、三人で人生ゲームをやろうか」と、お父さん。

「やったあ」

あわててごはんを口に入れた。

お父さんがぼくにきいた。

「たん生日、なにが食べたい？」

手話をまじえながら、会話が続《つづ》いていく。

おじいちゃんが横で、『ステーキがいい』と、ナイフとフォークを使う動きをした。

「そらみにきいたんだけど」

お父さんはそう言って、すきやきのなべにのこっている野菜《やさい》をおじいちゃんの皿にたっぷり入れた。

おじいちゃんは、『野菜《やさい》はいらない』と皿をわきによけている。

「肉を食べるときは、野菜《やさい》もちゃんと食べなきゃだめだって、いつも言っているだろう」

けんかが始まりそうだ。

おじいちゃんは人差《ひとさ》し指を耳のあなにあてて、『うるさい』と顔をしかめた。

でもお父さんは、おこらない。

「そらみ、日曜日のお弁当《べんとう》、サンドイッチとおにぎり、どっちがいい？」

お父さんが、サンドイッチとおにぎりの手話を見せて、両手の人《ひと》差《さ》し指を上下に動かした。

おじいちゃんが横から、『両方』と答えた。

「おやじは、おにぎりじゃないのか」

お父さんはおじいちゃんに、おにぎりをにぎる手話を見せた。

「じゃあ、ぼく、サンドイッチにする。そしたらおじいちゃん、両方食べられるでしょう」

そう言うと、おじいちゃんはにっこり。

おじいちゃんとぼく、そしてお父さんが、手話を使ってふつうにしゃべっている。

夜ごはんの時間が、すごく楽しい。


魚つりの日。朝から雨がふっていた。

お父さんの作ったおにぎりとサンドイッチは、おじいちゃんの家のえん側《がわ》で、三人で食べた。

雨がやんで、夕方から魚つりに行くことにした。

はなみちゃんに電話したら、「ようたくんのお母さんが車で送ってくれるみたい」って言うから、海で待ち合わせ。魚つりの道具を運ぶために、お父さんも車で行くことになった。

おじいちゃんとぼくとスカイシーは、海まで散歩《さんぽ》。いつもとおんなじだ。

雨上がりの空に、太陽が見えかくれしている。

田んぼは、ふさふさの緑色。

いねの間を風がサーッと通っていく。うさぎが走っているみたい。

もくもく雲が空にうかんで、夏がきたって感じ。

七月になってからも、散歩《さんぽ》のお手伝《てつだ》いは続《つづ》いている。とちゅうの石段《いしだん》での休けいは、いつの間にかなくなった。

でもスカイシーが止《と》まってウロウロするから、時間はかかる。

「はなみちゃんとようたくんが待っているから、早く行こうよ」

そう言っても、おじいちゃんはスカイシーの動きに合わせてのんびり歩いている。

海に着くと、先に来ていたはなみちゃんとようたくんは、すなはまで遊んでいた。

お父さんが大きなバッグを肩《かた》にかかえてやってきた。

手にはつりざおをたくさん持っている。

「車をとめるところが遠くて、たいへんだったよ」

お父さんは、あせびっしょりだ。

「いつもそらみとなかよくしてくれてありがとう」

お父さんが、はなみちゃんとようたくんにあいさつをした。

「おじいちゃんとも、なかよしです」

「わたしも、おじいちゃんとなかよしです」

おじいちゃんは、ようたくんとはなみちゃんと顔を見合わせてにっこり。

「おやじ、よかったな。お友だちができて」

お父さんが手話で伝《つた》えると、おじいちゃんが顔をくしゃっとして笑《わら》った。

「向こうのほうがよくつれるぞ」

お父さんが、すなはまの少し先のほうを指差《さ》した。

「じゃあ、あっちまで、かけっこしよう」

ぼくがぼうですなに線を書くと、はなみちゃんとようたくんはそこにならんだ。

スタートの係は、お父さん。

「用意はいいか。いちについて、よーいどん、と言ったら、スタートするんだぞ」

お父さんが言っている間に、ぼくたちはスタートしていた。

まっ先に飛《と》び出したのは、ようたくんだ。

ぼくのうしろから、はなみちゃんがおくれてついてくる。

スピードをおとしたようたくんが、横にならんでぼくを見た。

「気持ちいいね」

「うん」

ぼくは、ようたくんにうなずいた。

ぼくとようたくんとはなみちゃんは、前からふいてくる風に向かって、思いっきり走った。


「ここはキスがつれるんだ」

走りつかれて、すなはまにすわっているぼくたちに、お父さんがつりざおをわたした。すなはまからの投《な》げつりだ。

お父さんにえささのつけかたを習っていると、となりにいたはなみちゃんが、右手で七を作って、左から右にゆっくり動かした。

顔をあげると、海の上に、なないろの大きなにじがあった。

「うわあ、きれい」

ぼくが言った。

「ほんとだあ、きれい」

ようたくんも言った。

ぼくは、はなみちゃんとようたくんとならんで、つりざおを持ったまま、にじがかかった空を見た。

お父さんもおんなじように、つりざおを持ってにじを見ている。

スカイシーはすなはまにねそべっていて、そのとなりでおじいちゃんが、空を見つめて笑《わら》っていた。

ウエストバッグのキーホルダーが、太陽の光できらっと光った。

たからものを　みつけた　ひ
ぼくたちみんな　なかよくなった
きらいなものは　いろいろ　いろいろ
いろいろあって　おもしろい

ぼくがうたうと、ようたくんと、それからはなみちゃんもうたい出した。

そらに　むかって　にじを　つくろう
みんなで　つくろう　なないろのはし

ぼくたち三人は、空に向かって右手で数字の七を作った。そして空のにじをなぞるように、大きく、ゆっくりと動かした。
きらきら光るその手は、なないろのはしに見えた。

いっしょに　わらえば　すぐに　なかよし
ずーっと　ずーっと　ともだちだ

ぼくの名前は、空海《そらみ》。
きらいなものは、まだまだたくさんある。
だから、空や海のような広い心の人にはなれない。
でも今、毎日がすごく楽しい。

この本を読んでくださったみなさんへ　―あとがき―

わたしは子どものころ、きらいなものがたくさんありました。

きらいなものがあると、こまったなあ、と思うこともでてきます。

でも、好《す》きなこともあったのでだいじょうぶ。雲をながめたり、どろだんごを作ったり、ぬり絵をしたり、本を読んだり……。

好《す》きなことをしていると、楽しい、と思うしゅんかんがあって、しあわせでした。

いろんな人に出会うたびに、きらいなものはいろいろなんだなあと思います。わたしのきらいなものが大好《だいす》きだという人もいて、びっくりすることもあります。

そして、だれかと好《す》きなことやきらいなものがおんなじだったりすると、うれしくなります。

そらみくんのおじいちゃんは、ろう者です。

小さいころから耳がきこえないので、手話でお話しします。

国や地いき、年代などでことばがことなるように、手話にもちがいがあるようです。

この物語に出てくるのは、そらみくんのおじいちゃんが小さいころから使ってきた手話です。ですから、みなさんが知っている手話と、ちょっとちがうところがあるかもしれません。

わたしが手話を覚《おぼ》えようと思ったのは、あるろう者との出会いがきっかけです。

この人とお話ししたい。この人のことを知りたい。この人に、じぶんで気持ちを伝《つた》えたい。その強い思いが、手話を学ぶ力になりました。

みなさんが大人になったときに、手話がわかる人がもっとふえていればいいなあと思います。これから未来《みらい》を生きるみなさんが、この本を読んでなにかを感じ、その感じたことを、じぶんのことばでだれかに伝《つた》えてくれたらうれしいです。

この物語が本になるまでに、たくさんの人にお世話になりました。絵を描《えが》いてくださった平澤朋子さん、本のデザインを考えてくださった安東由紀さん、本の編集《へんしゅう》をしてくださった杉本光咲さん、BL出版《しゅっぱん》の落合直也社長、この本に関《かか》わってくださったすべてのみなさん。みなさんのおかげで、この物語を子どもたちにとどけることができました。ほんとうに、ほんとうにありがとうございました。

二〇二五年　春　　横山佳

ななといろのはし

2025年4月10日　第1刷発行

作 横山 佳

絵 平澤 朋子

ブックデザイン 安東由紀

発行者 落合直也

発行所 BL出版株式会社

〒652-0846　神戸市兵庫区出在家町2-2-20

Tel.078-681-3111　https://www.blg.co.jp/blp

印刷・製本 TOPPANクロレ株式会社

NDC913　159P　21×16cm

ISBN978-4-7764-1172-7　C8093　Printed in Japan

横山 佳の作品

「少女探偵月原美音」シリーズ
絵 スカイエマ

小学生の女の子 美音が事件に挑む！
読者も謎解きに挑戦できる、
読みものシリーズ3部作。

少女探偵月原美音、最初の謎！

少女探偵 月原美音

謎が深まる、シリーズ第2弾

塾の帝王と神秘の王冠

大きな謎がついに解き明かされる、シリーズ完結巻

ピエロの涙と夢幻の青い鳥

ニメートル

絵 高畠那生

家では母ちゃんとばあちゃんに押しまくられているおれ。突っ張ってみせているのに、通学路でも毎日へんなヤツに説教される始末。アイツとは、話したことがないはずだった。でも。この距離は、なんなんだ？

高校生になったばかりの鈴山ハルと、ニメートルの距離をおいてついてきてはなんやかやと話しかけるアイツとの、友情物語。

第11回ちゅうでん児童文学賞大賞受賞作。